JN082367

八重洋一郎を辿る

いのちから衝く歴史と文明

鹿野政直
Kano Masanao

洪水企画

八重洋一郎を辿る／目次

八重洋一郎を辿る

――いのちから衝く歴史と文明――

一　辺隅の島

宮古・八重山が、「両先島」と称せられるようになったのは、近世においてである。歴史家の高良倉吉は、琉球王国随一の政治家とされる蔡温（一六八二～一七六一年）が立案し、評定所から発布された『御教条（ごきょうじょう）』（一七三二年）に見えるその表現を挙げている（『御教条の世界　古典で考える沖縄歴史』ひるぎ社、一九八二年）。『御教条』は、首里王府の政策を、士族・人民の在りようまで細かく示した心得＝経典である。沖縄島から四〇〇～五〇〇キロメートル、台湾から一〇〇～二〇〇キロメートルという地理的な条件からすれば、もっと南のほうの島々との民族的文化的な近縁関係があってもよかろうに、国の枠に入ったゆえに、宮古・八重山は、王府の視線の先に、統治の末端としてあった。

その「両先島」にあっても、八重山は、一五世紀末、そこで反乱を起したオヤケ・アカハチが、王府の差し向けた宮古の仲宗根豊見親（なかそねとぅゆみや）の軍勢によって討伐され、以来、もっとも辺隅の地と目されてきた。『おもろさうし』に、「聞得大君ぎや　押し遣たる精軍」によって、「討ち為ちへす」（三五ほか）とされた島々である。記念碑的な沖縄史としての真境名安興『沖縄一千年史』（初版一九二三年、ここでは『真境名安興全集』第一巻、琉球新報社、一九九三年、による）には、「賊兵大に敗れ降る者多し。赤蜂遂に虜にせられ誅に伏す」と叙述されている。

一人の外来者として八重山に思いをいたすとき、この地の人びとの、みずからの根を掘り起こそうとしてきた仕事の分厚さが、抗いようもなく心に刻まれる。八重山びととしての自覚に立つジャーナリスト三木健の『八重山を読む　島々の本の事典』（南山舎、二〇〇〇年）に導かれて、彼のいう「本の森」に迷いこむと、歴史・地誌・民俗あるいは歌謡を主題とする樹木たち（しばしば大樹）が、つぎつぎに立ち現れてくる。歴史や文化への熾烈な関心は、石垣市や竹富町での、通常の規模をはるかに超える市史・町史編纂事業にも、紛うかたなく示されていよう。

なぜ強烈な歴史意識か。人びとにとって歴史が、苦難の積み重ねにほかならなかったからである。人頭税・津波・マラリアが、三大苦難として深く記憶に留められている。一六三七年、「両先島」に、年齢別に頭割りに賦課された人頭税は、宮古での運動を契機として廃止される一九〇二年まで、二六五年にわたって続いた。新川明の『新南島風土記』（大和書房、一九七八年）は、もと一九六四年から翌六五年にかけて『沖縄タイムス』に連載された作品だが、彼の取材に、人頭税の労役に苦しんだ女性が登場して、わたしを驚かせた。

「両先島」を襲った明和の大津波（一七七一年）は、ことに石垣島に、人口の半数近くを遭難させるという被害をもたらした。打ち上げられたとされる巨石が、津波石として、津波の凄まじさをいまに伝えている。人口が往時に回復するまで百五十年を要したという。

マラリアは、人頭税とからんでの蔡温の、その猖獗地への強制移住政策により、石垣島を中心にひろがり、新村（あらむら）の多くを廃村としていったほか、第二次世界大戦中、配備されていた日本軍の疎開命令により、追いやられた住民のうちに多くの罹患者↓死者を出すなど、猛威を振るった。いま「八重山戦争マラリア犠牲者慰霊之碑」として、その苦難を伝える。蔡温は、ここでは虐政の推進者と、まったく逆の評価を受ける存在である。

「両先島」への差別視は、琉球王国が沖縄県へと「処分」されてからも続いた。一八八一年には、日本政府は、清国とのあいだに、宮古・八重山を分割譲与し、その代償に最恵国待遇をえようとするいわゆる分島条約を結んだ（清朝政府が調印を拒んだため発効せず）。沖縄県に衆議院議員選挙法が適用されたのは一九一二年であったが（「本土」の場合は一八九〇年）、宮古・八重山両郡は除外されていた（「本土」並みになるのは一九二〇年の総選挙から）。人びとが旧慣のもとにいかに「惨状」にあったかは、一八九三年に八重山を踏査した笹森儀助の『南島探検』（同年執筆）

に、義憤をもってつぶさに描かれている。

沖縄タイムス社の記者であった新川明は、組合活動が祟って八重山支局へ追われ、そこでの仕事の一部が、先に挙げた『新南島風土記』として結実するのだが、単行本となったさいの「あとがき」に、「当時の八重山についての沖縄本島人のイメージはとてつもない僻遠の島というところで」としたうえ、琉球王国時代の流刑地であったこの島への転勤を、「〝島流し〟」になぞらえた。

辺隅へと押し詰められていた八重山の地で、そんな貶視を逆転させ、文化意識として誇りを取り戻す火種となったのは、歌謡であった。伊波普猷が、その先鞭をつけた。彼は、一九〇七年、一一年と再度にわたって八重山を訪れているが、「八重山は実に歌の国だ」と讃嘆を惜しまず、たぶん彼特有の〝敗者〟への思い入れをもって、（空想でしかなかったにせよ）そんな「うるはしい歌の国に一生を送りたいと思ふ位だ」とまでのべた（「八重山童謡集の序」一九一〇年）。そうした共感の根には、「先島を野蛮島とのみ考へてゐる人は、その考へを訂正すべきである」というつよい想いがあった（「可憐なる八重山乙女」一九〇五年）。

伊波文学士の讃嘆は、他律的であったにも拘らず、あるいは他律的であったがゆえに、八重山のひとにとって、雷鳴のようにとどろき、自己発見の契機を作った。

当時、二十歳過ぎで、八重山村（現石垣市）大川小学校の訓導であった喜捨場永珣は、伊波との出会いを天啓として受けとめ、生涯を八重山民謡・古謡の収集に捧げるとともに、それを起点に郷土史研究の大先達となる。彼の最初の著作『八重山民謡誌』（郷土研究社、一九二四年）は、「巡査が戸口調査でもするやうに」年代を遡って作者を突き止め、発音に正確を期し（五十音で表わすことのできない音には・印を付けている）、うたい手たちと喜怒哀楽をともにするていで、一作一作を、暮らしの具体相のなかで解きあかした作品となっている。それはまた、口承であったうたを、文字として定着させる作業でもあった。題材として、全篇を通じて、課せられていた人頭税が影を落とし、その視点は、おのずから濃厚な歴史意識へと融合するのであった。

ここで主題とするのは、そんな濃縮した、暗い歴史意識の島に、生を享けた一人の詩人である。

二　旅立ち

そのひと、のちに詩人八重洋一郎となる糸数用一は、八重山高等学校を卒業ののち、一九六二年、当時は米軍の施政下にあった琉球からの、日本への留学制度を利用して、大学に入学すべく東京へ旅立った。

少年は、アジア太平洋戦争さなかの一九四二年、石垣町字石垣に生まれた。字石垣は、琉球王国時代、登野城（とのしろ）・新川（あらかわ）・大川とともに、四箇（しか）と称する士族階級の居住地かつ役所の所在地をなしており、そのことが示すように、彼は旧士族（ゆからぴとぅ）の出身であった。家族ぐるみ台湾へ疎開し、敗戦後の引揚げの際、いったん与那国へ漂着したのち、帰郷する。引揚げまえ、台湾人の子どもに殴られたという記憶をもっている。

幼少年期について、のちに竹原恭子『あの星　竹原恭子作品集』（洪水企画発行、草場書房発売、二〇一六年。竹原は八重の伴侶）に寄せた回想「悲歌の深くに」でのべている。一九四九年に「入学した石垣小学校の一年生の校舎はカヤ葺きで床もなかった。もちろんガラス窓などはなく吹きっさらしで、柱が剝き出しの馬小屋そのままの教室だった」、そんな教室で、「先生が可哀想な話をするとグッとあげそうな声をこらえて大粒の涙をポロポロこぼす」ような子どもであった、と。その一方、「けっこう短気でカッとなって前後を忘れて誰にでもとびかかっていった」とある。別の回想「さざ波」(『若夏の独奏(ソロ)　南の海で魂のさざ波に耳済ませて』以文社、二〇〇四年、所収)によると、高校生のころ、その地の名刹桃林寺の早朝坐禅会に出席していたとあるから、内面の何かに衝き動かされること激しい気質の、子どもであったのであろう。

戦禍なまなましく、それにつづく米軍支配のもとで、未来が見えにくい日々であった。後年、作品「先生」で形象化したように、「私たちの先生には障害者が多かった／片手だけの先生　そでがぶらぶら／ふとももから下がない先生　ズボンがひらひら／けっして足がまがらない先生／歩くときもいつも気をつけ!／(中略)／女の先生は／両手でふくらむほっぺたをおさえつけながら／これはどうしてもこうなるのだから／わらわないでね　と　泣いていた／男の先生は／夜になると小さな宿直室で酒をのみ／センパイ　われわれは／どうすればいいのだ　いったいどうなるのだ／なぜ　こうなったのだ　と　顔をゆがめて泣いていた／(幼いぼくらは何もわからなかったが)／沖縄戦のなれの／はて／若い　痛い　無惨な障害者が私たちの先生だった」という経験があった(『しらはえ』以文社、二〇〇五年)。

糸数少年は、そんな光景を、じっとこころに刻んでいたのであろう。八重山は地上戦から免れたが、マラリアでいのちを落したひと・空襲でいのちを落したひとが続出し、さらに、(糸数一家もそうであったように)台湾への疎開者=(避)難民となった人びとが多く出た。年輩者には、駐屯していた日本軍とくに将校たちの横暴さへの記憶は、いまも鮮明である。

小学校卒業ののち、石垣中学校、八重山高等学校と進むが、「悲歌の深くに」には、中高校時代の読書についても書かれている。中村孝也『日本の歴史』『アジアの歴史』『世界の歴史』全三〇巻や(『新日本歴史文庫』全一二冊、一九五四〜一九五五年、ポプラ社、『新世界史』全一〇冊、一九五五〜一九五九年、同社、ではないかと思われる)、下村湖人『次郎物語』に熱中し、また、ペスタロッチを深く尊敬していた父用著(当時、八重山連合区教育長)の影響で、『出家とその弟子』など倉田百三の諸著作を読んだとある。こうした読書経験あるいは八重の性向は、おのずと志望を、人文科学系の学科あるいは学問へと向かわせた。「高校三年の進学志望先調査の時、第一志望『歴史』、第二志望『倫理』と書き友人たちに嘲われた」という。

のちに伴侶となる竹原恭子は、同じく石垣島生まれで、登野城小学校を経て、石垣中学校・八重山高等学校で同学年であったが、高校時代の彼について、「高圧電流が流れているように皆に恐れられてい」たという。三年に一度の運動会も、集団演技の警察訓練を、軍隊教練じゃないかと参加せず、教育長として招待され出席していた父にショックを与えた。

進学が迫ってきた折の心境を、八重はこう書いている。「我々にとって島から外へ出ることは決定的に重要であった。海に閉じ込められた島の運命。その範囲でしか生きられない島の哀しみ。私たちは高校に入るとその時からその事情をみつめ、何か決意しなければならなかった。うかうかしているとそのまま島の運命に取り込まれるのではないかという恐怖。子供が島を出て外界へ向かうこと、それは親達へ多大な負担を強いる。しかし子供は飛び出さなければならない」(「悲歌の深くに」)。

離郷への想いがどんなに熾烈であったかは、わたしの、「琉球大学にというお気持ちは全くなかった?」という質問への、「全然なかった。あそこに行ったら、もう人生終わりだと思ってました」という即答に示されている。「せっかく石垣島から抜け出たのに、あの沖縄本島みたいな、また小さい所に行ったら終わりだ」(以下、括弧で括られている八重さんの言葉は、二〇一七年一一月二九日、石垣市立図書館での面談のさいの、発言起しから。録音と起しは、入江仰さんの御厚意による)。そこには、小さい島での少年の、往時の息苦しさが断乎として語られている。

そのころ石垣から東京までは、石垣→那覇→鹿児島間は汽船(それも、石垣にはまだ港湾設備がなく、沖合いに停泊する汽船に、はしけから乗り移る)、鹿児島からは汽車を乗り継いで、六~七日間を要したが、その遠さもまた、解放感と比例したであろう。離郷を「脱出」と称している(「さざ波」など)。

そのうえ情勢が、小ささの悲哀を実感させた。一九五一年のサンフランシスコ講和条約で、沖縄は宙ぶらり(事実上は米国の永続的な支配下)の状態に置かれた。その状態への疑問を、高校一年のとき八重は、講演に来た琉球大学教授に、「沖縄の国際的な位置はどうなっているのですか」とぶつけている。「教授の返答は明解であった。一九五一年九月に米国サンフランシスコにおいて対日平和条約の調印式が行われた。これはサンフランシスコ条約と言って一九五二年四月に発効。その条約の第三条によって沖縄は日本から切り離され、将来国連の委任統治領になる筈である。しかしそれまでは米国が沖縄に対してオール・アンド・エニィパワーを保持することになっている。そして米国は決して沖縄の委任統治を国連に提案しないだろう、とのことであった」(「悲歌の深くに」)。

そのことが契機となって、みずからの根っこを確かめようとする気持に突き上げられたのであろうか、代々の位牌を調べ、書かれている年号がいずれも清国のもので、しかもそれに親しみを覚えてきていたことに気づく。「沖縄の王国が、自分自身の暦を作りきれなかった」という、「小さい所の悲しさ」が、少年を貫くことになる。

だが、小ささ・狭さ、そして島社会の〝具体〟に押し詰められているという感覚が、逆に作用して、糸数少年に、普遍や抽象また広大さへの希求、あるいは夢想を生んだような気がする。

幼少期というべき四、五歳のころから、極端に死を恐怖するというかたちで生と死の問題が、念頭を離れることがなかった。「生まれたものは必ず死ぬという、この死ぬことはどういうことかと。これは本当にもう怖かった」、「そのことを考えると、もうとにかく走って逃げて行きたい、とそんな感じの怖さでした」、「生まれながらにして哲学者だったかもしれない」。生得のものであったらしい死への極端な恐怖は、そののち、死の凝視、その地点からの生の省察という両面で、八重の思索の噴火口となる。

そのような生者必滅の法則性の認識によってか、あるいは、個体としてその怖さを逃れようとしてか、普遍性・法則性への嗜好があった。それだけにいう。「天体なんかは自分の思考を考えるのが非常によかった。物理とか数学は好きだった」。

そんな想いの結果としての、糸数用一の東京への旅立ち、いや石垣からの「脱出」であった。彼の説明によれば、当時、日本国文部省と琉球政府文教局・沖縄育英会がタイアップして日本への留学生を募集しており、それに応募したことになる。大抵は、沖縄の復興にすぐ役立てる医学・

工学・理学・法学・商学などであり、また教員養成のための英文・国文・社会科・家政科などの募集も少しだけあったという。「仕方なく法学に応募し運良く合格採用され故里脱出に成功した」(「悲歌の深くに」)。この点について八重さんは、「歴史は好きでした。だけど歴史をやると教員になるしかなかった」、「法学だったら弁護士とか、裁判なんかもそういうのもあるから」と語ってくれた。その口吻に、進学するのであれば何か実務という当時の制約とともに、目標が十分には定まらないものの、後年にわたって貫かれる自営志向が窺われる。

入学したのは、東京都立大学の法経学部法学科である。その専攻を選んだのは、当時の糸数青年に、大学での専門というものが、よくわからなかったという事情にもよるらしい。だが、法学が肌に合わないと気づくまでに、時間を要しなかった。「入った途端に、もうなんにも面白くなかったです。六法全書読んで、これ日本語かと思いました」。結果として彼は、人文学部哲学科に転部転科し、実務とは対極というべき(ないしそれを建て前とする)哲学を専攻することになる。著書奥付の著者紹介に一再ならず、学部の記載を飛ばして「東京都立大学哲学科卒」と記しているのは、八重洋一郎にとって「哲学」への思い入れ＝帰属意識が、どんなに強くありつづけているかを示している。

小さな島空間で、凝縮した自己から発し、普遍的なもの・永遠なものへ連なろうとしていた志向が開花したのである。もっとも、その過程で、のたうちまわるような地獄の季節を経なければならなかった。のちに「帰郷」(『記憶とさざ波』世塩社、一九七七年、所収)で、東京での学生時代の心象を、出京の動機をも含めて、自己放下的に描いている。「十二年前、こんな小さな島に閉じこめられていたのでは仕方ない、よくもこれまで窒息もせず生きてこれたものだと島を出た。大都会の駅の口から吐きだされてくる群集をみて圧倒されるだけでもよいと思っていた。／そしてまさしく、その群集に圧倒され、この十年余、無数とさえ見えるこれらの人間達の間で自分という支点をみつけ出すため悪戦苦闘した」、「自分が不安定であるから他の何ものも信じられなかったし、自分の中の不安定を他の何かに繋留して鎮めることもできなかった」、「本も読まず、散歩もせず、寝ることもせず、起きもせず、フケをいっぱい肩にためながら、私は呆然と凝結していた。言わば、私は、負の絶対調和の極限にいた」。

この想いは、はるか後の現在になっても、八重にとっては、いまの原点として疼いている。「悲歌の深くに」の中で、こうのべている。「島という運命からの脱出が叶って私の東京での学生生活が始まったが最初の半年ほどの物珍しさが過ぎるとたちまちノイローゼ状態に陥り、極端に言えばそれが今に続いているのである。現実から投げつけられる石飛礫、それに応えようとする悪戦苦闘。こんな負の条件ばかり多い錯雑した毎日の中で、なぜ生き続けるのかという自己糾問。

それに関連して出て来てしまう『生命とは何か』という生々しい問い。そして『人生意味有りや』、『実在の構造やいかに』という懐疑。それらが始まっていよいよ苦しくなるばかりであった。私はひたすら時間をかけることによってそれに対応しようとした。その苦闘に耐えつつ『いつかは』と思い続け、かくて齢七十四の今日を迎えてしまっている」。

その「悪戦苦闘」つまり知的彷徨が、どんなものであったかの片鱗は、（必ずしも大学生時代に限らず、後年に及ぶが）近年の著作『太陽帆走』（洪水企画、二〇一五年）に窺われる。この本は、「太陽帆走」という題のもとにまとめられた一〇本の短い作品と、詩誌『びーぐる』に寄せた連載という「石垣島通信」から成るが、「あとがき」によれば、「天才たちに肖ろうと懸命に取り溜めたノートを凝縮して作品化しようと試みた」ものとある。書肆からの「詩人の遠征」という企画の誘いを受けて、「遠征」という企画意図から、思い切りみずからの知的視野の羽を伸ばそうとした、いわば八重的宇宙を示した作品ということができ、プラネタリウムに入って、それを眺めている感がある。八重が若年以来、こころを奪われてきた「天才」たちへのオマージュをなしている。

その「天才」たちとは、「太陽帆走」では、ロケット工学の父コンスタンチン・ツィオルコフスキー、量子電磁力学の立役者のひとりフリーマン・ダイソン、化学者にして物理学者でもあるイリヤ・

プリゴジン、作曲家・数学者・物理学者の松下眞一、唐の禅僧臨済、哲学者ゴットフリート・ライプニッツ、詩人ステファヌ・マラルメ、元素の周期律の発見者ドミトリ・メンデレーエフ、仏教学者玉城康四郎、そしてルネ・デカルトであり、「石垣島通信」では、柳田国男、マイスター・エックハルト、エドガー・アラン・ポオ、アルチュール・ランボオ、大野晋、道元、オーギュスト・ブランキ、谷川健一らである。わたしの理解を超えるひとも一人に止まらないが、覚束なく繋いでくれれば、都立大哲学科の学生だった頃からの彼の彷徨が、どんなに何か根源を求めてのものだったかが見えてくる。いわば彼にとっての〝わがユリイカ〟である。

そうした地獄の季節のなかで、糸数用一の彷徨と探究は、さらにゲーデルの数理論理学、カントの批判哲学、宗教思想ことにインド哲学の流れとしての仏教、キリスト教系思想と、根源的な何かを探ることへの傾向を顕著にもってゆき、彼の思想の根幹を造ったようにみえる。

彷徨は、脱出してきたはずの故郷への、逆にはげしい渇望へと傾いていったようである。一八歳のときの作という詩「降りつむ雪に」が、曲を付けられ『あの星』に収められている。わたしの接しえている八重の最初の詩作品であるが、彷徨するこころは、それを表象するかたちを、詩に探し当てつつあったのであろう。リズムとしては、なめらかな七五調で、やがて創出する最初の詩集『素描』での、文字・韻律との苦心を極める格闘は片鱗もみせないが、既成のすべてにチガウチガウとの念抑えがたく、それでいて打破する方向を探り当てえないまま、ふるさとでは皆無の「雪」に身をさらし、大都会の中で孤独に耐えつつ、ニライの海に想いを募らせ、ひたすら焦慮する若者の心象が詠い込められている。

「ふりつむ雪にうずもれて／春をいとなむ若草を／真闇の中ではや目覚め／鳴くにわとりを誰が知る」、「そぼ降る雨に肩ぬらし／あの街(まち)この街(まち)歩きはて／人込(ひとご)み重なるその中に／誰も知らない俺一人」、「思いははるかふるさとの／さざ波重波(しきなみ)寄する浜／吹きくる真南風(まはえ)になぶられて／熱き涙はぬれたまま」、「ニライの海は明るいか／山の彼方(あなた)は幸せか／体(からだ)も言葉もやせはてて／劇(はげ)しい真昼に恋い焦れ」、「世界はいつもまっ暗(くら)だ／人の世いつでもどん底だ／破けた心に追い込まれ／ただただ　何かを待っている」、「ひたすら何かを待っている」。

その「待っている」みずからを衝きぬけたとき、『素描』の誕生となる。しかしそれには、まだ時間が必要であった。

糸数用一が東京に身を置き始めた一九六〇年代は、沖縄を出自とする人びとにとって、復帰をめぐって政治の季節であった。八重山では、「沖縄の問題から逃げて行ったって、よく責められた」半面、東京では、「安保でいろいろ騒いでいたっていうけど、沖縄のことについて知ってる人、誰もいませんでしたよ」、「沖縄から来たというので、物珍しさで見学しに来」た、また「日本人か」と迫られたという経験もした。

多くは語らないが、もちろん沖縄の行方について、熾烈な関心はあったであろう。しかし、内面でのもがきの渦中にあっただけに、政治行動に直接にはのめりこまなかったとみえる。数学塾を始めていたころ（後述）、というから、大学卒業後となるが、教材つくりに半蔵門近くをしばしば往来したさい、その通り道に、中野好夫と、そのもとで新崎盛暉が活動している「沖縄資料センター」があった。「やってるな」と思い、「入りたいなと思ったけど」、結局「入れなかった」。後年、そう語る八重には、「接触したら、割と政治的なことになったかもしれない」との予感があったために、それを避けたという口吻がある。

のたうつ心境の一端は、のち「夢殿」（『若夏の独奏』所収）に、こんなふうに洩らされている。「あの一九六〇年代。沖縄は日本に遺棄され圧倒的権力で米軍に支配され、沖縄出身の学生の意識はあわれなほどに複雑であった。歴史は、現実は、意識を脅迫し、脅迫された意識はその必死さゆえにとんでもないことを考え出す」。

それゆえに八重は、夢殿をみつめても、その美に酔ったり太子の遺徳を偲ぶのとは正反対に、太子一族の悲惨な運命へと、想いをのめりこませずにはいられなかった。「現実に脅迫され歴史を調べはじめた私に太子は一族滅亡の厳しい姿を示したが、世界の歴史はさらにケタがはずれ、例えば沖縄規模の民族滅亡はいくらでもころがっているのであった。その無慈悲に耐えなければならない。それはこの無慈悲を完璧にのり超えるいちばん確実な方法だ。おお、天国は地獄の真下に！」（末尾の一句は、彼の好きなニーチェのことば）。

このとき八重は、奈良女子大学に在学中の竹原恭子に電報を打ち、二人で夢殿の周りを巡った。そのさいの記憶は、ともどもに深く体内に埋めこまれている。八重にとっては、「地獄の大学時代」での、「東京という圧倒的な刺激の都会からやわらかな緑の山に囲まれ」た場所への「移動」として、深呼吸できるような経験となったであろう。竹原には、作品「夢殿」に記された文言、「青春は無謀ではあるが徹底的に潔癖である。感覚、意識は外にむかって刃物のように全開され、その鋭い潔癖に耐えるものだけが受け入れられ、感受されたものはみなただちに自分という生身(なまみ)で実験されるのである」という表現は、あの時期をただちに呼び起こす力をもっている（いずれも、それぞれの書簡による）。

糸数用一が嵌まりこんでいたのは、〝外界〟の諸事象ではなく、自己自身との格闘であった。その結果として、〝ことば〟を固有の領域として定め、みずからを打ち出してゆくこととなる。

なぜ〝ことば〟だったのか。

端的にいえば、それしかなかったからである。

もっともそれに先立つ時期、この若者は、存在全体を賭けうることばを求めて、ことば不在の自覚期を経なければならなかった。「歴史をくつがえすには歴史の残酷さに徹底的に耐え、その地獄から生命の意味を歴史の意味を発する以外ない」、「すでに存在している言葉が地獄の経験を反映しないならば、それらの言葉はすべて破壊されねばならない」、「いかなる救済思想、政治思想、経済思想にもよらず、歴史の底辺のもっとも絶望的なもっとも客観的なところから、歴史がその絶対的な圧力によって一人の人間の心の奥に結晶させる言葉を発しなければならない」、それまでは、「ひたすら沈黙の時間に耐えること、その沈黙が破壊力を増すのだ」（「夢殿」）。ことばの組み換えをつうじての、歴史の組み換えを渇望していたのである。

わたしは、学生時代の彼を思うとき、しばしば、島崎藤村が『春』で描きだした北村透谷のすがたを連想する。そこで藤村は、透谷にこう言わせている。「内田さん（魯庵）が訳した『罪と罰』の中にも有るよ、銭取りにも出掛けないで一体何を為て居る、と下宿屋の婢（をんな）に聞かれた時、考えることを為て居る、と彼の主人公が言ふところが有る。（中略）丁度俺のは彼（あれ）なんだね」。いかに生きるか、いや、生きるとは何か、あるいは宇宙とは、といった煩悶の渦中に七転八倒していた糸数用一にとって、みずからの実在を実感できるのは、その思いをことばとして、文字のかたちに表白してゆくこと以外になかった。そのことを措いては、よそ目にも、「なんだ、お前まだフラフラしてるじゃないか」と見えるような存在であった（『記憶とさざ波』）。

通念からすれば、まったく無用の、ないし狂気の所業にほかならなかったが、透谷がその苦悩を通して、現世的価値から屹立する用語や文体に到達したように、糸数も、ことばの喪失を経たのち、ことばを拠点にしようと自覚するにいたって、外界にたいして屹立する、ないし外界に連なりうる自己を具象化することができたような気がする。最初の詩集『素描』（世塩社、一九七二年）を出すに当って、「あとがき」に、「この詩集を世に出すに当って、自分という暗い片意地な空想的夢想的へんちくりんな生き物を、空や光や水や風のように普遍的実在たる言葉という客観的手続きを経て現実化社会化できることに深い幸いを感じ」と書いている。

そのうえ、「中央から離れた、いやほとんど無関係とさえ言える南海の小さな小さな言語圏の中に生れ育ってきた」糸数には、ことばは、敏感に意識に刺さってくる存在であった。「公式の教育を受け、公式の言語を得ることは切実な必要であったわけだが、その言語はあまりにもわれらの日常と無関係でありすぎ（中略）、われわれとは全く無関係の様々な抽象語を小学校に入学するや学ばされたのである」。長い言語矯正の歴史を背負わされてきた民の一人として、彼はそれを、公式言語と肉体言語と称しているが、両者の亀裂はあまりに鮮明で、そのことがこの模索する若い世代に、断念と可能性への祈念をもって、いやがうえにもことばへの固執を培った。「われわれは、表現の主体たる己れだけを信じて、己をひらいて全世界を自分に取りいれ、それで己が表現を試み、方言などは捨てざるを得ないわけだが、そこには、断腸の思いがあるわけだ。この断腸の思いが、複雑で豊かな、誰れにでもわかる、ひらかれた言語を私に啓示してくれますようにとは私の切ない祈念であるのだが」（『記憶とさざ波』）。「だが」と歯切れ悪く留保形で結んでいるところにも、ことばによる表現の獲得への、はるかに遠い途とする吐息をもっての、願望が浮き出ている。

三　詩人の誕生

やっかいな人生へ乗り出したものである。「自分という暗い片意地な空想的夢想的へんちくりんな生物」を抱えこんで、どうすれば現世と〝折り合い〟をつけてゆくか、八重とて、学窓を出て、その問題に直面せざるをえなかったであろう。結局、彼は、組織に属することへの忌避感を優先させた。その志向は、それ以後の人生を通して、（一年ばかり夜勤の荷役積み出しをしたり、何ヵ月か広告プロダクションでコピーを書いていた期間以外は）いかなる経営体にも就職しなかったというかたちで貫かれることになる。「何かに属してものを考えようって、全然考えられないですよね」。組織に属さないことのさまざまな不利益を横睨みしつつ、生きる方途として選択したのは、伴侶となった竹原恭子とコンビで、いや彼女が主導して、塾を開くことであった。東京に数学塾「南鷲セミナー」を開き（のちに単独での帰郷後、石垣でも同様の塾「南鷲館」を開く）、子どもたちに算数・数学を教えることを、なりわいとしてきた。だれでも算数・数学ができるようになるという、教材づくりにも没頭した（未見）。そのことを語る彼には、それを通して、子どもの成長をという口吻がある。「南鷲」という名づけは、もとより、八重山の古謡「鷲の歌」にもとづいている。

通常の人生の階段を上るのとは、まるで離れ、ことばの海へとのめっていった八重洋一郎の背中を押し、好きにさせてきたのは竹原恭子であった。八重を念頭に置くとき、このひとの信頼と愛情の深さを思わずにはいられない。とともに、「あなた、やりたいことやってみれば、って言ってくれたからね」、「僕には恐ろしい女房がいますからね」、「やっぱり連れ合いの支持もあったわけです」というこもごもの語りは、八重からの、伴侶への信頼と愛情、そして（言い方は悪いが）〝放し飼い〟されていることへの感謝を表白している。

夫妻のある日の情景が、八重によって、「雨の古都」（『若夏の独奏(ソロ)――南の海で魂のさざ波に耳澄ませて』所収）と題するエッセイに描かれている。それは、彼の詩集『夕方村』（檸檬新社、二〇〇一年）が第三回小野十三郎賞受賞と決まったさいのことであったが、大阪での贈呈式の前日に、夫妻は奈良女子大学を訪れた。開催中の、彼の尊敬措くあたわざる数学者岡潔の生誕百年記念自筆遺稿展をみるためであった。「おりから大学祭で女子学生達が走りまわって賑やかである。女房はサッサと受付へ行き『?十年前の卒業生！』などと大声を出しパンフレットや案内図を貰っている。学生達も『先輩ですかあ、有り難うございます』とハキハキ応えている」。そんななかで八重は、お目当ての「岡のヘリコプター理論」の原形を見出し、急いでカメラを向けたところ、「監視人が制止するので訳を話し、女房も『私は何年度の卒業生で……』などと頼んでくれ」、宿願を達したというのである。「翌日私はあまり臆することなく贈呈式に出席することができた」。八重洋一郎を主題とする場合、伴侶としての竹原恭子を抜きにしては語れない。

話が先走ってしまったが、戻って一九七二年五月一五日、糸数用一は、沖縄の日本復帰＝施政権返還の日にあわせ、「八重洋一郎詩集」と銘打った作品『素描』（世塩社）を刊行する。ペンネームの「八重」は、いうまでもなく八重山に由来し、「洋一郎」の「洋一」は、本名の「用一」にもとづくとともに、海のイメージを載せていよう。「あとがき」冒頭の、「思索を続けてきて、これから先は今、自分に見えてきたものを書く以外にないと気づいた時書きだしたもの」との言葉は、みずからにとってはこれしかないという覚悟を示している。

その「あとがき」の結びにいう。「本書発行日の五月十五日は沖縄のいわゆる『本土復帰』の日である。かかる天下り的強権的策略的乞食的政治現象とは根本的に無関係に（つまり徹底的に対立して）われわれという生命は営まれていくのであることを言（ママ）たいがために、わざとこの日を選んだのである」。まやかしの「復帰」への、激烈な拒否感を盛っていた。

とはいえ、その拒否感は、いわゆる政治闘争の次元においてのものではなかった。逆に、政治との絶縁を表明することで、政治を根源的に批判するという立ち位置の宣言であった。批判に当っての八重の言葉は、「われわれという生命」の営みという、固有性と普遍性を併せもつ根源までおりてゆき、その深みから、浮動性を属性とする政治を見返そうとする響きをもっている。八重洋一郎にとって抜き差しならぬその「生命」の営みとは、とみずからの奥底を探る気息をもって、「あとがき」にこう書いている。

南海の明るい風景と苛酷無惨な歴史の重圧の中で生れ育った私に、存在というものの意味根拠を問い糺したい要求は熾烈なものがあった。歌う以外に何もせず、ただ黙々と孤立と誅求に耐えた郷里八重山の人間達を始めとして、様々な歴史の姿に直面しその残酷さと非情さの中に、しかしなお深く流れ息吹いている何ものかに触れ得たことは私の喜びであった。しかも私に歴史をありのままにあったがままに感じ得る感受性を保証したのは西欧近代自我意識の帰結たる極度のニヒリズムなのであった。

脱出したにもかかわらず、あるいは脱出したゆえにというべきか、無惨な歴史とそのなかでひたすら耐えた人びとの姿は、あらためてみずからの根っことして浮上してきていた。そんな彼から見るとき、復帰ひいては政治は、臭気芬芬たる（透谷の表現を借りていえば）「仮偽」現象に過ぎなかった。

その意味では、体験した「東京」が、糸数青年を、「八重山」の〝発見〟、つまり幻境、といって適切さを欠くとすれば原郷の、〝発見〟に導いたといえるが、同時に、その発見が、「西欧近代自我意識」またその帰結としての「極度のニヒリズム」を通してでなくてはかなわなかったという矛盾のなかに、彼を置いた。その意識は、「近代的自我意識」ないし「ニヒリズム」を背負う存在として、それを食い破る＝内破するという作業を、八重に課さずには措かなかった。

そういうみずからの存在の根源を探ろう、いや、それが何かはわからないままに、ただ、「何か」に触れ得たとの感触を得た、「これが存在の意味なのだろう」、「それを言葉によって表現してみよう」、こころのこういう反芻を起点として、この詩集に至った、と読みとれる。『素描』という書名は、「まだ初期段階にすぎないので〝素描〟と名づけた」とある。展望のよく利かないままに未知の海へ漕ぎだして、見えてきたものをことばとして定着させてゆこうという、実存的で実験的な気構えが、浮き彫りになっている詩集である。

それだけにこの詩集の主題は、八重自身の〝こころ〟というほかない。七転八倒するそのこころを、目に見えるかたちとして定着させたいと、（それまでの彼の詩のジャンルでの足跡をほとんど知らないままにいうのだが）、そしてそれには、描写的あるいは説明的に流れる散文でなく、抽象的でかつ凝縮したスタイルにみずからを固着させずに措かない韻文がふさわしいとして、詩に至ったものであろう。そのこと自体、いかに孤＝はぐれものであろうと、個＝自分が自分であることを譲れないとする彼の信条を、鮮明に示している。極言すれば、初めから、広く理解されようとすることへの拒否があった。そうした非妥協性は、表現が存在そのものの迸りであるという認識に懸かっていた。あえて不理解の海に乗り出そうとする彼にとって、伴侶からの不動の支持は、何物にも替えがたい慰藉あるいは勇気づけの源泉であったろう。二人は写真館へ赴き、できあがったばかりの詩集をまえに、初めての記念写真を撮ってもらった。

〝こころ〟が主題というこの詩集の性格は、目次つまり構成そのものに露出している。通常の在りようと異なり、目次は、そっけなく「素描Ⅰ」〜「素描Ⅴ」として提示されている。それについて、「あとがき」にいう。「素描ⅠⅡ、これは私が思索を続けてきて、これから先は今、自分に見えてきたものを書く以外ないと気づいた時書きだしたものである。Ⅲはこれらの全面展開、ⅣⅤはその肉づけと更に続くべき思索への足掛りである」。〝こころ〟とペンの対話として文字が連ねられていったのではなく、〝こころ〟がペンに乗り移って、文字をなしていったとの観がある。

詩集は、原郷としての石垣（あるいは八重山）を思うときの狂おしさから始まる。

くるひゆく　しづけさのほの暗い言葉から
踏む足に
高々と　杉杉聳え　逞しい調べ組む
そよぐ杪にこぼれくる　あきらかな風景よ

その「くるひゆく」こころを、のたうつままに、のたうつ文字として定着させたのが、この詩集となった。

字句にみずからを乗り移らせようとするだけに、表現に当っては、単に文字が体現する意味に止まらず、文字のすがた、その読ませ方、正漢字の多用、その配置の仕方、雅語から方言に至りまた漢語から和語に至る語彙の多彩な駆使、文語調と口語調の意識的混用、歴史的かなづかいの使用、五七調をおおむね基準とするリズム感の造出など、「語感的にある訴える何か」(「あとがき」)を、視覚的にも聴覚的にも表出しようと、尋常ならぬ力を尽くしたと窺える。

出だしの詩句でも、「くるひゆく」「しづけさ」での歴史的かなづかいの選択は、静まり返った島の集落のたたずまいを連想させ、つづく「ほの暗い言葉」は、逆に、それが発せられる重い屋根の下の空気と、それを照らしだしている白い陽光を思い浮かべさせずにはいない。「高々と杉杉（すぎ）聳え」に至っては、視覚的に、亭々たる杉林・杉並木を浮上させる。
そうした作為は、詩作の世界では例外ではないであろうにせよ、八重の場合、それへの固執は、
ほとんどその極地に達している。
選びとられている漢字とひらかなの対照性から、一例を挙げれば、

闇黒の不動の巖々（いは）　は　つら
ぬかれ　ほの暗い赤き苦痛　に
走りゆく　逃れなき　地獄の
骨格（ほねぼね）　溶岩ただれ焔（ほのほ）もえ黒塊（かたまり）は言葉なく　存在（たましひ）
きらめき　轟響（なりひび）き
石は　裂け　忍耐
するどく　酷熱（おもさ）ます　辛（から）い風景

の激動は、

山なみの隙（すき） ま
より　ひびきくる　艸々　の
ひろがり　　は　　木々深く　あふれみつ
やはらかき　　聲々（おと） を　ひめ　　木魂（こだま）
透く　　高
き　木末（こぬれ） に　吹き
わたる　月　響（とよ）む　奥ゆき　は　深々　と

の沈静に至るのである（素描Ⅱ）。

もっともこうした工夫あるいは彫琢が、読む側を、八重の求めたようなこころの律動へといざなったかどうかはわからない。とはいえ、彼が、大都市の只中にいて、いるにも拘らずか、いるが故にか、破壊への制御しきれないような衝動と、たぶんそれとあざなわれる憧れを湛えて、技法として擬古的、心情として反俗的な世界を、ことばとして打ちだしたことは、紛れもない。

そうしたのたうつ心情＝激情は、この長詩（とわたしは思うのだが）の真ん中に置かれ、かつ全体の半ばを占める「素描Ⅲ」に、主題は「わが狂気」といわんばかりに、これでもかこれでもかという執拗さをもって吐露されている。とともに、その核心が、生れたこと＝「血」への呪いであったかと思わせる詩句の乱舞へと突入する。

はりわたるさざめきのひびわれる青空　に
すきとほりくづれゆき　あと
きえて　　からみゆく
血すぢあやしくちりみだれ　ちりて　は
ひらき　狂ふ　花々
傾（なだ）れ込みはりさける怖（おのの）き　に　悲惨
しみいる赤裸（すはだか）の恥ぢらひ痛　き　生誕　よ

こうした生の光景は、そのまま死の光景へと反転する。わたしの独断を許されるならば、そこには沖縄戦のイメージがあった。

あふれくるつたはりの網（あみ）めなす血管（くだ）　ひらき

地平抱き赤々　と　暗黒に照らされて
筋(すじ)　うすき走りひきつる　腕
吊ら　れ
はりさ　け　渇き　咽喉(のど)ちぎれ
生白(なまじろ)　き苦痛に汚れ
むかひくる　言葉なき血の肉　よ
黝(あおぐろ)き逆立つ悪寒　腫れあがる頭茎(くび)傾(かし)　ぎ
口はあ　き　仰向けに投げあげる
ひらたき　眼　ほそき
空　　見棄てられ
暗闇(やみ)　しろき　叫　び
き　え
たれさがり丈低くぶらぶらと風にゆれ　にぶき
蝿々(はひ)　　動きな　く胸(ちち)を舐　め
醜悪に滅入りゆく朽ちはつる蒼(あ)白(お)き　死屍

だがそうした悶えの頂点で、ふっと平安が訪れる。それとは明示されないままで、明らかに石垣島とおぼしい空間が、詩人にとって恋情のまととして現われ、ないし設定され、悶えは、その風光へと融けいってゆくこととなる。「素描Ⅲ」の後半は、地獄を抜け出たそうした心象の語りとなっている。こう書き出されている。

はすかひに呼びかはし　さそひ
合ひ　涼やかな風並(かざなみ)　に
数知れぬ小枝(さえだ)うち　葉ずれ
舞　ひ　消えぎえにかひろげる
水面(みなも)　透(す)き　さまざまにあみめなし
むれ遊ぶ
いとけなき枝々　よ

問題を孤独に抱えて、あるいはみずからを孤独に追い込んで、喘いでいたこころの地獄図は、一転してごくしぜんに、「呼びかはし」、「さそひ合ひ」、「むれ遊ぶ」あるいは、「数知れぬ」、「葉ずれ」、「さまざまに」、「むれ遊ぶ」、「枝々」などと、こころを開いての打ち解けた交流の情景となる。ばかりでなく、「はすかひに」、「かひろげる」と空間的なひろがりへの意識を誘い、また「いとけなき」とイノセントな存在を登場させる。そんな世界が押し出されるのである。

それを出発点として繰りひろげられてゆく詩的世界は、語彙を拾うだけでも、「やはらかき風」、「ひかりさし」、「こまやかに」、「きよらかに」、「しづけさの」、「たまゆらの」、「かろらかに」、「そよぎくる」、「さゆらぎすずしき」、「ほがらかに」、「きらめきわきあがり」、「もゆらに」、「やさしく」、「ささやかな」、「さやかに」、「すきとほる」、「やすらひ」、「さわやかに」、「やはらかく」、「やさしく」、「さざめき」、「ゆたかに」、「和やかに」、「ひらひらと」、「まろやかに」、「すずやかに」等々(以下省略)と、古語をまじえ、平静でひらけた心情を、惜しみなく開示しており、「　さすらひのひろがり　は／　　たひらかにやすらかになだらかにはてしなく」と結ばれる。

この煩悶を通過することにより、八重洋一郎は、「さすらひ」を自己肯定で受けとめ、ことばで闘う詩人としての覚悟を定め、出発への足固めをしたのである。

つづく「素描Ⅳ」で詩人は、そうした解き放たれたこころを、故郷の島そして海の風光に託しつつ、ことばの乱舞として歓喜を謳いあげる。それは、ひかりかがやく心象と空間の描出であった。

さやさやと風さやぎ枝々(えだ)はゆれ土破りさみどりに
息吹きゆき　こまやかな木々をぬひ
ひらいてはあふれゆき
はてもなきひろがりにつぎつぎにはしりゆく
すこやかなよろこび　は
生きいきと新しくやさしきねいろにひた織られ
晴れわたる
青空にすきとほりなりひびき

と始まるこの長詩は、

ふりそそぐ空々(そらぞら)のあかるさ　よ　しづやかに海　は
舞　ひ　ひろびろと塩粒(つぶ)あふ　れ

を経て

　　空　砕け　ひかり満　ち
　　啓示（あかし）　ゆれ　海　あふ　れ
　　すずやかに織られゆくやはらかきかぜのね　よ

と結ばれている。

　だが、ひかりあふれる光景は、そのままのかたちで永続するものではなかった。かがやく光景は、まさにそのかがやきゆえに、過剰となって平安に襲いかかる。最後の「素描Ⅴ」には、こうして直面する試練が、詠みこまれることになる。「霞　ち／り　雲はしり　裂けひらき／深々と雲母（きらら）わき　うすにぶくひかりくる鱗雲（うろこ）　さし／すきとほり／　きらきらとこほりゆき　息吹きゆき」と、嵐への予感で始められたこの詩は、たちまち、「轟々と音ひらき逆巻きかへる水しぶきはりさける／雲ちぎれ／大地ゆらぎ葉々ふるへびりびりと大気打ち」の世界へと展開し、そのなかで、「さけびはりさけ玻璃質　に／ひらたくかたくねりあひ半狂乱のひかりもつれ／まばゆき背すぢ音もなく苦痛　切裂き　すきとほり／はしりゆき／ふれもなき闇深き　夜　は／冷え

はだひた　し　ひややかに重（おも）りゆ　き」と、前途の容易ならぬことへの見通しを打ちだすことになる。

　そういうとき、ひときわつよく思慕の念をもって浮上するのは、故郷八重山の海の風光であった。

新しく青き海

晴れわたり気ふるへひのひかりはりわたりきよらかに
あたたかきたえまなきひかりさししづやかにおともな
き限りなき一面にきらきらとけぶりまひきららかに次
々にふりそそぎはてしなく日高（ひ）くひかりゆれ水すかし
ふりそそぎ青々と深々とたえまなくしづみゆき水青く

と、文字数まで揃えて、故郷の海への賛歌をくりひろげる。それは、そこを不抜の拠点としてゆこうとの覚悟を固めてゆく過程の、自己確認であった。

　そのとき八重には、そうした一見したところ桃源郷とおぼしい里で、黒々と折り重なり呻く人びとの存在が、ありありと蘇ってくるのであった。

黒々と深々とさまざまに群れつどひ　淵重く
からからに音苦き聲重ね底もなく深みゆく　空
苦　き　黄昏（たそがれ）　の
はじまりに　赤々と望みなく血ひびき
肉　走り　するどき
さけび　ひからびるたましひひらき凝心（こころ）さ　し
ひきさけさけびかわきゆく塩からく血にがき
はだもなきそりかへり　　呟（つぶや）々き重なり
耳深くぶつぶつと深々と音にぶく厚（あつ）みゆき
はたらきに疲れはて　群集
重く聲重ね　深みゆく夜々（よるよる）の暗闇（くらやみ）破り歌ひゆく
聲重きほとばしる胸々のひるがへり　心深く　肉
摑み　音　さされ

ゆえ知らぬはたらきになほもまた肉破れ咽喉は灼け
髪すすけ　闇深く
闇重く暮れゆく日々を重ねつつ　言もなく　肌
かわき疲れゆ　き
不思議なる生命は果て重く繰返す夜々の訪れに
倒れゆき疲れはて　なほ
黒く鉄からく濁りゆく夜を吸ひ　死もならず　垢
固き皺々のひびわれに　臭ひ涸れ　ほのあかきくらき
小さき赤火つけ　くろぐろとおほひくる
逃れなき厚き重き空の下　肉晒　し
なほもまたはて知らぬゆくへなきひろがりに
ゆえもなくつづれゆく

長い引用になったが、そこには、重苦しく抑えつけられている人びと＝民衆の、内面を含めてのすがたが、韻文の許容するかぎりでの具象性をもって詠い込められている。それは、「疲れゆき」、「疲れはて」、それでも「死もならず」、「くろぐろとおほひくる／逃れなき厚き重き空の下」に「肉晒し」ている人びとであった。糸数用一は、東京の圧倒的な、ひとの群の中で、孤独なこころを抱えて、「脱出」してきた八重山の、重く暗い歴史を背負ってよろめきつつ生きる人びとに、みずからを向き合わせたのであった。

だが、沈淪の淵に貶められているだけに、人びとは、闇の底から声を出しはじめる。

はりさける苦痛輝き繰返し水暗く襲ひくる底重き
幅暗きどす黒く深き闇　空深く地々　に
圧がれ黒く影集ひ群々ひしめき音もなく　群集
重なり黒々とはてもなくしづやかに
聲砕け咽喉ひらき底もなき深みよりたましひ焦がし
夜焦がし深々と湧き起る　鋭　き
合唱重き聲　ひげは焦げ歯ふるへ雷鳴深く燃えあがり
ひろがり重くはだ苦　く　腕
ひろげ　群集　ひらき

深々と空々（そらぞら）に倒れゆ　き
嵐ちり嵐まひ嵐砕ける闇々（やみやみ）に赤々と湧きあがり
夜々（よるよる）切裂きほとばしる太く素朴に　骨
辛（から）き　歌々（うたうた）さらし筋（すぢ）金響き大地搖がし群れつどふ膨（ふく）れ
ゆく響（とよ）みはてなきとぎれなきさまざまの
聲々　よ

これら二つの長い引用で、八重は、ともに主題と位置づけるかたちで、「群集」という文字を書きつけている。だが、その位置づけは、前者と後者では一変している。前者で打ち出されるのは、「はたらきに疲れはて」ている「群集」であった。だが後者では、そうした「どす黒く深き闇」のなかで、「聲砕け咽喉ひら」く「群集」であった。「七転八倒」の末の八重山の民衆の〝発見〟であり、基底としての八重山そのものの〝発見〟であった、というべきかもしれない。

〝発見〟の確信は、八重を、一種の解脱へと導いたようである。なかでも「声」を意識に上らせたことは、他者への通路を拓く展望をもたらして、痛苦にみずからを閉ざしていた心象世界に、風穴をあけた。圭角に満ちたリズムは一変し、なだらかでひらけた眺望が、彼を捉えたと窺える。

一転してやわらかなリズムが、彼を包むことになる。

をみな聲あふれゆき
かぎりなきひろがりへひらきゆきうまれゆき
きよらかにすきとほりおともなく
かげもな　く
はてしなき　よろこ
び　よ

同時にこの心情は、生れ島への無限の讃仰の表明となった。

空　深く　空
遠く　かげふかき　祈りみち　しづやかに
風はまひ浜々はひるがへり
なだらかにやはらかにやまなみながれ海ひらき

島つつみ　空ひたし
ひろびろとふかぶかとかわきゆきおともなく　白砂（しらすな）は
あふれ　き　え
ゆく

「脱出」から煩悶を潜り抜けての、八重山の詩人の誕生であった。
もっとも、詩人の誕生を追ってきてのこうした解釈が、正鵠を射ているか、的外れであるかは、じつはわからない。ただ、詩集を手にして、文字と向きあいその意味を考えてゆくという作業が、わたしに、異常な緊迫感を強いたことは紛れもない。詩人の、既成でないイメージの組み合わせを創りだそうとする苦闘が、読むがわに、その苦闘に無縁でいられないという切迫感をもたらさずには措かなかった。

八重の詩風は、そののちさまざまに展開する。その意味では、『素描』のこころみは、文字通り試みに止まったといえるかもしれない。しかし読むものをして、精神の居ずまいに問いかけ、断崖をよじ登るような緊迫感を強いるというスタイルは、すでにこの詩集で確立されているような気がする。

四　ふるさと

それにしても詩人にとって、故郷の八重山あるいは石垣島とは、何であったのか、また、どういう存在として在りつづけているのか。

八重洋一郎は、『素描』が、「全然意味がわからない」という批評にさらされたのを受けて、「今度は、それへ至る自分の思索過程を散文で説明しよう」と、五年後の一九七七年、『記憶とさざ波』(世塩社、上記の引用は同書「あとがき」より)を出すに至る。巻頭の詩以外はエッセイから成り、全篇、彼の心身に食い入っている故郷との格闘の記録である。書名は、記憶にふかく留められているさざ波と、さざ波のように打ち寄せる記憶との、相乗性を内包する命名であろう。

東京に暮らしつつ、ふと眼をやった窓外の、寒風に洗われる冬の柿、それを見ただけでも、無数に走る枯枝への連想を誘い、その枯枝の網目の隙間から、無数の思い出が甦り、一気に八重を、南の海へと拉致するのであった。「枯枝の記憶の網めの隙まから／一本の枝が空を刺し　空の奥

突然　私の心が／轟々と鳴渡り／霹靂のようなその記憶の響きに打たれて　私は一挙に／千里の南へ吹きとばされる」。巻頭に置いた詩「憧れ」は、こんなふうに故郷のもつ魔力を言葉化している。

それは八重を、南の島で悶えていた一七歳の少年に思い至らせた。「空の奥　一筋の沈黙（しじま）なし安らい青くなだらかにほのもゆる深き黒潮（しお）／ああ　遠く離れてはいるが／空々に苦み刺し　潮風にかわきゆく果てしなき海原よ／お前に洗われ　深く／はるかにおのが心をしびらせる　俺は十七　たぎる血はあてもなく／赤々と血管（くだ）を刺しヒリヒリと体のうちに燃えあがるだけだが／青い青い　わが／海原よ　別に意味があるわけではないが／顔をしかめ　筋肉を固く張ってしづかにお前にさらされている」（同上）。

こうして思い返される故郷八重山は、なによりも、いま詩人が呼吸している（東京という）文明を捉え返す原点としてあった。八重は、まず、八重山・竹富島の海辺にひろがる星砂に、それを「亜熱帯地方の島々の海岸の中にある星形の砂のことで、これは実は有孔虫の殻」としたうえで、みずからの「瞑想」を託して語りかける（「星砂」）。

　　ふりそそぐ光を浴びて果てしなき海原はひろびろと横たわり清らかに澄みわたるあたたかき

海水（みず）の底　お前達は静かにあわだち
　絶えまなくふりそそぐ熱を吸い、精いっぱいの光をたくわえ、あるかなきかのほのかないのちをひっそりと波にゆられ、あふれてはちりちりてはあふれるそのおだやかな無数の軌跡、無心にただよう小さないのちでほんの少し海中をあたためまた塩からくし、名もない野花がつゆにぬれほんの二三日ひらいてはしぼんでいくように、いや、それよりももっとはかないつたないいのちをひらいては声もなく次々に死んでいき、はぢらいゆらめく虹のような、やさしくすずしく透明なかげをひきつつ澄みわたる水を刺し静かに海中深くなだらかに降（ふ）っていき、その永劫の繰りかえし、和（のど）やかな無私の忍耐の持続ののちにお前達はみずからの死骸で海底に小さなきれいな模様を描いたりする。

　ほとんど韻文とみまがう、想いをこらしやさしさあふれる筆致での、ひっそりといのちを営み終えてゆくちいさな生き物への、それとの同体化への祈りさえこもる一文と成っている。沈黙のうちに積み重ねられる生と死の循環、その意味の定かならぬところが、八重を引きつけてやまない。「その幾千億の単純な繰りかえし、永遠の風景のような、透きとおる南海のあたたかい沈黙の中で無限に堆ねられる生涯のその意味がなんであるかはわからないが」、「われらの記憶の一番深いところにあるものがもはや定かな形や音や言葉ではなく、ある感情の流れのようなものでしかない」ならば、「私が、強く魅せられるお前達の海中の生き死にの様々は、私の魂の一番深い記憶の形だ」。

八重はそこに、いのちの原点をみるのであった。それだけにその視点は、いまやそんな星砂の浜辺を汚すようになっている石油カスの指摘に及ばずにはいない。「ふとわれにかえると砂の触覚を楽しんでいた軽く沈んだ左足　裸足(はだし)の足の足裏に何かねばつくものがある」、「あの悪名高い石油カスの汚れではないか」、「人間の少し激しすぎる賑わいは、その賑わいからこんなに離れた遠くの島のこんなに小さな貝の殻までけがしてしまった」。だが、彼は、その「石油カス」を指弾するのではない。逆につぎのように、石油に呼びかけつつ、それを掠め取る人間の貪欲さを衝いてやまない。「しかし、考えてみれば石油よ、実はお前も太古に生きた微生物、そのなだらかな死骸の沈積、水棲のプランクトンやバクテリヤ、地熱や光、圧力の凝縮炭化分解純化された時間の結晶、おのれをつくして後から来(きた)るものへと贈られた無私の豊かな蓄積である」、「しかして、お前達のその深い眠りのエネルギイを奪いかすめてこの軽佻な賑わいをうち続けているわれら人間どもの死に骸は一体何をつくりだすのであろうか」。

人間の、あるいは地球の、未来への暗い、また救いのない予感、それでもひとは未来をめざさなくてはならない。いや、どうやって、まさにその未来を創るか。ここに、八重のその後の人生の、基本的な視角が樹立されたと感じる。人類の欲望の集積としての文明、それをどう超えるかを、彼は、もっとも小さき島にいる人間として、そこから打ち返すかたちで、問いとして立てたのであった。それだけにその問いは、もっとも小さきいのちの声を聴きとろうとする姿勢をもって、鋭く倫理性を帯びずにはいなかった。

その場合、八重にあってふるさと八重山が、人間の欲望の集積である文明の対極として、思慕をいっそう募らせる存在でありつづけたことは、疑いない。しかしそれは、たんなる理想の地であるとされるよりは、はるかに屈曲に満ちたものであった。

八重は、都会で生れたわが子のために、ふるさとを伝えておかねばと、詩を作り、手書き絵入りの一部限定の冊子をつくる。「しずかな／まひる」と題して、「そら　です／うみ　です／大きな木が　はえています」と、文字を連ねはじめると、はげしくその身を揺さぶられ、「まるで自分がその歌に足裏の底からもう一度定義しなおされ清められ生れ変わってしまうような思いがけない感動」に捉えられる。「南海のわが故郷(ふるさと)の島々は文化果つる僻遠の場所、空と海が美しいだけで苦しい歴史と条件を重ね負わされた貧弱な島だ。なぜかかる貧弱な僻遠の場所へ強く心が惹かれるのであろう」(「しずかな／まひる」)。

その問いに引きこまれ、八重は、自問自答を重ねる。まるで蚕が糸を吐き出してゆくようなその思索は、さまざまな連想を呼び起こしつつ、四百字を超える長い一文としてかたちを成すことになる。

思うに、かの僻遠の貧弱な孤立した小さな島で苛酷無惨な重圧の下（もと）、無声無告の人々によってからくも持ちこたえられた切なく小さな生活（いとなみ）が、その苛酷さ、その重さ、その小ささ切なさのゆえに、それゆえにこそ鋭く美しく純化され、あたかも危（あや）うい貝殻やかよわい葦や細羊歯（ほそしだ）がその押しかかる巌盤の息づまる圧力のゆえにこそ化石となってくっきりとおのが生命（いのち）を印すように、あるいはまた巌の間に閉じこめられたわずかばかりの水滴が、激しくしめつけるその巌盤の圧力をその圧力ゆえにこそ反射し反作用しひびいらせわれらを驚倒させることがあるように、踏まれ砕かれ押潰されたわれらの生命（いのち）のギリギリの証（あか）しは絶望のままに巌を打ち、のしかかる暗黒の重圧の壁面をほとばしる声々で鮮血（くれない）に染め、歴史と自然に体当りし、それらを割りひらき裂き打ちくだきなおもひびきしぶきゆき、ついにある普遍的な絶対的な何ものかを南の空のすみずみに打ちひらいたのではないだろうか。

そこでは、八重山の明るい自然と暗い歴史が、対立する価値として捉えられず、また「僻遠の場所」がマイナスの価値として押えられず、それらのあらゆる苛酷さを背負って、「無声無告の人々によってからくも持ちこたえられた切なく小さな生活（いとなみ）」が、まさにそのように「その小ささ切なさのゆえに」、そしてそこでは、「押潰されたわれらの生命（いのち）のギリギリの証（あか）し」が、「絶望のままに巌を打」つがゆえに、「歴史と自然に体当りし、それらを割りひらき打ちくだ」く本源的な力になるという、いわば逆説が見据えられている。「それがわれらをゆり動かしてやまず、人間が生きているということの根本的な何ものかがあの島々ではあけひろげに遍在しているのではないだろうか」。こうして八重山は、個別としての八重山を考えつめることにより、いのちを軸として、普遍的な価値へと突き抜けたのである。「島へ帰るとわれわれの生きているという感覚がすみずみにまでひらかれる」。

それはもはや、地縁血縁に繋がれている場所というよりは、いや正確には、そのように繋がれているがゆえに、そこを基盤として、排気ガスの文明のかなたに、かすかにでも未来を想到させるよりしろであった。ただ、それを定理として打ち出そうとするのではない。わが子の精神の養いを考えようとするのが、出発点であった。

否応なく未来の担い手とならねばならない子どもを、いまの世代である八重は、統御しようと思っていたのではない。ただ、子どもがみずからの途を歩んでゆくためにもその生を支える感覚を養うことに、責任を感じての所行であった。それが思いのほかの思考へと彼を導いた。だから、出発点に戻っていう。「その感覚を養うために、私は、われらのつましい先祖たちが深い絶望のギリギリのそこで思わず発した絶叫をお前に贈りたいのだ」。そして思わず嘆声を発する。「しかしてギリギリのその絶叫のなんという静けさ深さであろう。深くかなしいなんというやわらかさであろう」(以上、「しずかな/まひる」)。

この想いは、八重のなかで、ロシアの画家イリヤ・レーピン(一八四四~一九三〇年)へのただならぬ傾倒へと連なっている。その作品「ヴォルガの船曳き」(一八七〇~一八七三年)は、彼にとって、伴侶から「あなたのロシア」といわれるような無二の価値であった。それが日本に来たと知り、日本橋三越の会場に赴いた彼は、ほとんど動けなくなってしまう。

「砂浜のような赤黄味がかった川岸を十一人の人間が船を曳いて歩いている」、「重い曳綱は画面を走り、曳綱の重さに厳しく打たれて画面いっぱいにつきだしはりだす黒い重い充実感。それとは逆に人々をうちがわから辛くいろどる疲れきった赤い絶望」、「ロシアの大地、大地の涯(はて)の底知れぬ民衆の魂の重さが、いやその魂さえ剝れたような、赤裸の肉の絶対的な重さがその絶対的な重さのままに、今この眼前に実在し、やわらかい赤い光を放ちはじめる」。こういう想念に浸っていた彼は、絵の由来の説明に、ネヴァ河畔で船曳人夫たちが、着飾った舟遊びの娘たちの服を汚すまいと、泥で汚れた重い曳綱を高く持ち上げ舟を通してやった、それをみた作者は、その心の優しさに打たれて製作に没頭したとあるのを読んで、涙が盛りあがるのを必死でこらえることになる。

この「灼けつく夏の労働」は、「もっと切ない生命の感覚」として、八重のなかで、ふるさと八重山の光景に直結して、彼を鷲づかみせずには措かなかった。「おお、わが故郷、ヴォルガの河のはてよりもさらに遠い歴史の涯のわが八重山の人間達よ！」、「『世界で百姓が合唱するのはロシアと八重山しかない』という言葉があるが、おそらく、この絵を今、日本で、最も深く感じ得るのはこのわれわれの外にないであろう」、「灼熱と労働、疲労と絶望、苦痛の底からひかりかがやきふきあがるこの赤い歌声は、これこそまさしくあのわれわれの労働歌、ユンタ、ジラバの世界ではないか！」。感嘆符を多用しつつ、彼は、いかに言葉を尽しても十分に想いを表わしえないというほどの切迫感をもって、感銘を言葉として叩きつける。

そこに八重は、八重山の民を見たのである。いや、それ以上に、逆説的だが、こうした奴隷労働そのもののうちに、人間の生命の輝きという普遍性を感じとった。「ああ、これは奴隷の歌だが、うたっている奴隷は人間なのだから、この奴隷の歌に人間の魂と血があふれ、まぎれもない人間の生命(いのち)の証しが刻み出されほとばしりでるのはどうしようもないことではないか」。

それについて八重は、わたしの、「『ヴォルガの船曳き』に打たれたのは、沖縄、八重山の人びとの運命を重ね合わせることがあったのでしょうか」との問いにたいし、「その前に、やっぱり歌を歌うということです。歌を。綱引き。そして引っ張ってくる。八重山でも仕事をするとき、うた歌ったんですよね。木を切るときとか、うた歌いながら切ったんです。あれとピタッときたんですよね。船曳き歌って、本当に歌なんですよね。姿も。本当に、何もなくて、自分の生の力だけしか出せない。そして生の声を出して」と答えてくれた。

労働という行為の、人間あるいは生命にとっての本源性への賛歌であった。「今、眼前に綱曳く人々はいかなる他人をも傷つけることはない」、「これはすでに百の革命をも超えた優しさ。筋肉と労働による九千億年にわたる瞑想の図」。ここにおいて苛烈な労働に呻吟していた八重山の民、その存在が象徴する島の暗黒性は、労働のもつ「百の革命をも超えた優しさ」を基点として、「古今東西宇宙を貫く絶対永遠の静けさのなかに限りなく参加していく至純のエネルギー」の体現者へと、百八十度転回する。

八重山に固着してきた苦難の労働を否定しての、評価替えではない。むしろ逆に、課せられていた苦難としての労働を、主体性の輝きを放つそれへと転回させることにより、八重山は、苦難に満ちるがゆえに、「生命の証し」に満ちる地へと変身して、八重のうちに立ち現われるのである。労働する民あるいは民の労働への、それを何ものにも替えがたい根源とする敬意の表出であった。「われわれの労働歌、ユンタ、ジラバの世界ではないか」というとき、疑いもなく彼の脳裏には、八重山への収奪に明け暮れた王府とそのもとで発達した琉球歌謡が、逸楽の場での宴曲に過ぎないとする蔑視があり、それが、労働の歌としてのユンタ、ジラバを生んだ八重山の精神への誇りに繋がっていた（以上「秘儀」）。

とはいえ、そうした〝救い〟は、八重洋一郎を、終極的に救うことはなかった。もっと徹底的に墜ちずにはすまないという狂気が、彼を衝き動かしていたようにみえる。彼が、『記憶とさざ波』で「秘儀」のつぎに置いた「帰郷」は、そんな世界での彷徨のあとの、かつてそこから〝脱出〟したふるさととの再会と、そのなかでのもがきと、さらにそれが救われてゆく過程を見せつける。一二年ぶりとあるから、一九七三年のこととなるが、前年に刊行の『素描』に後押しされての、いわばみずからの八重山の確認という動機を帯びていたに違いない（学生時代にも帰郷はしていたものの、「その頃は、心はつねに中央の都会の方にあったから」数えないとして）。

その八重山を見つめるとき、八重は、存在の〝惨めさ〟があらためて迫ってくるのを、如何ともしがたいとの感に襲われる。彼が親しんできたニーチェやヴァレリイその他の人びとの著作は、

「個性や自我や自由意識、力や意志や責任感覚、等々がダイヤモンドのようにきらめき輝く」世界を提示していた。その美しさ自体が、絶対的な優越者であることの証しを誇示している。近代日本において多くの知識人がそうであったように、そうした思想的達成に酔い、それに同化してゆくというのとはまるで逆に、親しめば親しむほど八重には、彼らと、「二十代以前の先祖達は西表島のウムザ（イノシシ）であったとしか思えない」ようなみずからとの、ほとんど絶望的とも思われる距離が、「対比の妙だけでもはなはだ滑稽あわれな話」として迫ってくるのであった。

そこにはたぶん、〝西洋かぶれ〟あるいはその〝高み〟に立つ講釈者たちへの、唾棄をともなっての拒否感がある。同時に、（みずからはおくびにも出さないものの）彼らの大抵の者よりは、広くまた深くその世界を渉猟してきたとの自負がある。だからいう。「彼らがなんと言おうとも、彼らの意識は、積み上げられた歴史の頂点である」、「しかしわれらは、文字通り歴史の最底辺そのものにいる」。辺隅にうごめくものという意識であった。

その認識は、八重に、あらためて、そのようにみずからを圧し拉いでいる歴史のなかで、いかに絶対的な自由を獲得するかという課題を立ち上げる。「あまりにも貧弱すぎるわれらの歴史は、私が生き続けるための存在条件である」、「されば、私は、まず歴史的事実をありのままにみつめ、風穴の流す血と膿によって自分の意識を複雑にしていかなければならない」。その地点から出発して八重は、「歴史による傷を対象化し」、それによって歴史を超える手がかりを摑もうとする。マルクスが金と欲望を対象化することによって金から自由な人間を、仏陀が生命の条件そのものを対象化することによって解脱涅槃の人間を構想したように、対象化は、存在をそれに覆い被さっている羈束力から解放する。だが、八重の課題は、そのように羈束力からの解放をもって完結と意識できるようなものではなかった。対象化は、対象とされる存在の裁断を不可避とし、その意味で「貧弱すぎるわれらの歴史」は、否定の審判のまえに立たされざるをえないが、彼には同時に、「これまでわれわれが生きてきた貧弱な歴史をどうしても何か意味づけ意義あらしめたい」との意識が、逃れようもなく渦巻いていたからである。なぜか。「つまり私は、わが貧弱な歴史の底で、声もなく死んでいった人々全部を完全に救済したいと思わざるを得ないのだ」。「できる話」ではないにせよ、「祈りをこめることはできる筈であろう」と、彼はつけ加えている。

これを、みずからを全能者とする人間による、救済の観念とすることはできない。歴史との悪戦苦闘によって、歴史から自由になる人間をめざすがゆえに、死者を含めてつながれてきた人びとの総体が、八重を捉えて離さなかったのである。自分だけ助かるというのでなく、ともに助かる途といってもいいかもしれない。逆にいえば、歴史は、漆黒に塗り込められていればいるほど、当然、否定の対象でしかありえなかったとともに、その歴史に生きた（そうして死した）人びとは、あえていえばその暗黒度に応じて、彼にとってかけがえのない存在であった。その矛盾のただなかに身を置いての身もだえが、そこにはあった。

八重はさらに激語におよぶ。「歴史はわれわれには重く、あくまで酷薄でありすぎた」、「歴史によって意識そのものさえ奪い去られてきたのであると言えるであろう。あたかも日本軍に占領されその王室の文書庫を全部焼き捨てられた朝鮮人の如く。われらに残るのは深い歴史の傷あとと先人の絶叫のみである。あとは物言わぬ美しい空と青い海」。

そしてそこから出発しようとする。「しかし、意識のかけらさえ持つことができなかった人間が、直接的な苦痛によって、つまり絶叫によって少しずつおのが感覚を複雑化し、尖鋭化し統御して、少しずつ意識力を芽生えさせ、これを何かある観念にまで育てあげることはできないであろうか」、「この、わずかな歴史、わずかな経験、わずかな思索によってでも、その切実さによって、絶対的な何ものかを刻み出すことはできないであろうか」。みずからの存在をかけ、八重は、反転してこうことばをしぼりだすのである。

とはいえ八重洋一郎は、そんな八重山の「島人」一般へと、みずからを潜りこませるような位置にはいなかった。道を通ると農民たちに、「『ウーッ』と低くつぶやいて道ばたによけ合掌」されるような「ユカラピトウ(士族)」の一族であった。島が政治社会として形成されようとするころ、

「支配の側に立つ一人となり得」、「それから五百年、われらの血族は連綿として、直接的労働の味を知らない。すなわちわれらは人頭税に苛斂誅求される農民達と、われらの上にのしかかる首里王朝と薩摩藩との重圧の間で右往左往する税金取り階級として存続してきたのである」。

そう意識すること、ユカラピトウであることの自己否定が、最小単位にまで貫徹する「滑稽非情なる差別儀礼」へのやりきれなさともども、八重にいっそう、歴史の重圧という問題への感受性を研ぎ澄まさせた。同時に、逆説的だが、ユカラピトウであることの自己否定が、かえって彼に、ユカラピトウであることの義務感へと縛りつける意識を先鋭化させたような気がする。その感受性は、「つねに叫ぶ歴史の苛酷さについて言っても、われら自身がその小さな歴史の中で蝸牛角上の争いを演じ、滑稽な場面を様々に現出し続けている」という、一見したところ救いのなさの認識に達している。

だが八重の場合、その〝愚かしさ〟と見える行為のさまざまが、じつは自由の基点として据えられる。「いかに小さな歴史であっても、このように裏があり表がある。いかに悲惨であっても滑稽になるところがある。さよう、われらは滑稽になる自由をあくまで保持している」。こうして彼はいう。「自由とは、つまり己が生命が爆発していること、歴史よりも深く宇宙よりも深く実在よりもなお深く、静かに音もなく爆発していること、そしてその爆発の自覚であろう」。八重にとって、圧し拉がれてきた島の存在は体内を奔流し、歴史をひっくり返すことは心願そのものにほかならなかった。

しかしそれは、たとえ極小の地点から極大を撃つ視点であったにせよ、一つの歴史をもう一つの歴史に置き換えるに止まるものではなかった。八重にあっては、歴史から宇宙へは地続きであった。いやもう少しいえば、島の苦難から発する彼の思索は、「人間の感覚、国家や歴史、血や種族、これら地上的なもの一切を否定して、永遠なるもの、普遍的なるもの、絶対的なるものを自分の生命の真ん中において夢想し、そのきらめきかがやく光によって、自分を含めて一切のものをつらぬきとおし律することが切実に必要」とする域に達していた。普遍性・永遠性（たぶん終末の必然性まで含めてのだが）をひとり領有するその「夢想」と、現実の自分との距離の大きさよ。疲れはてての、癒しを求めての帰郷であった。

ふるさと八重山への旅路は、深まりゆく色彩にこころ躍らせつつ、他の何ものによっても代替できぬなつかしさを、いやがうえにも募らせる数時間であった。「羽田を発った。時が経つごとに飛行機の窓の外の青さが深くなり、二時間と少しばかりして那覇に着いたが、ここはまだまだ私には異郷、さらに南へ飛行機を乗りつぎ、機外のそれはますます深く、青の世界はますます澄みわたる」、「突然、白雲が窓をすぎる。視界がはれる。空の底、やわらかに群青色から緑がかった水色へ様々に色彩りなしてなだらかに海がひろがり、ああ、その懐しい海に夢のように浮ぶわがふるさとの島々よ」、「今、島々はこのきよらかな水からざぶりと生れ浮び上ったばかりのようだ」。

そのふるさとに身を置いてみて、あるいは曝してみて、八重は、遠ざかっていた島の現実へと引き戻される。「光があまりにも強すぎる」、「光の発する、カーッとでもいうような音のない音さえ耳に聞えるようだ」。さらに、「たまらない湿気、たらたらと汗が体中を流れていく」。「この湿気はわれわれにとっては宿命的とさえ言える。というより、海は島のまわりに横たわっているのではなく、むしろ、われわれの血の中に濃い塩けを放ってとけているのではあるまいか」。「この底のない強烈すぎる蒼空と、暗く濃くうっとうしい、人の臓腑をうちがわからたえずヒリヒリ刺していく心の奥の、このたまらない湿気とは、人のバランス感覚を失調させるに充分である」。かくてひとは、「発狂」へと追い込まれる。

この経験の反芻は、八重に、「弱年」のころの、「あの『憧れ』とでも名付ける外ない感情に吹きまわされて歩いていた」みずからの姿を、思い起こさせずには措かなかった。こうしていう。「私は自分の感情を何一つ客観化できず唖のように苦しんだが、あの時あれを方法のかけらのようなものででも、少しでも掬いとることができたのであったならばと痛切に思うのだ」。「ただ芸もなく光りにさらされ発狂していくことを避けるため、しかるべき方法をあみだし、その様々に発明される方法が積み重ねられ、それが文明文化歴史となり、つまりわれらの生命（いのち）の背骨となり、それに従ってわれわれが自分の存在を律していけば発狂の空白に陥ることなく己が存在を十全に展開していくことが可能となるというような」そんな「方法」を、である。「ところが（中略）方法などは何一つなかった」。「しかも本来はその方法への踏台を与えるべき筈である歴史も、われらの場合には、その方法を抹殺するようにしか作用しなかった」。「かくて、私は、今、その方法の意識を念頭に置くかわりに、その欠如の白空を痴呆の眼付きでながめつつ、『しかし、なぜ、われわれは方法を育てることができなかったのであろうか』と呟く以外すべはないのだ」。

　この反芻はさらにつづく。「それは歴史の重圧による、と責任を他に転嫁するのはやさしい。太陽が灼けすぎ、海が辛すぎ、島が孤立しすぎたと嘆くのもやさしい。しかし私は、われらの外的条件が好転されれば、われわれはその秘められたエネルギーを存分に発揮するであろうという見方を好まぬ」、「難しいのは、われわれが文字通り、まさしく低能そのものであったと見抜くこと、これではないか。われわれはまさしく低能そのものであったのだ。さればこそ、歴史の重圧を負い続け、この島にへばりつき、孤立の苦痛を舐め続けてきたのである」。「低能であるが故に他人に迷惑をかけてきたことはただの一度もない。低能であるが故に支配され略奪され、高能たちに奉仕させられ続けてきただけである」。「この低能をわれらはなんとしてでも破らなければならない」。「われらの無能と発狂はわれらの生存の構造である。湿気と無能がわれらの生命の構造であるなら、解決はその構造自体の中にしかあるまい。われわれはその湿気と無能を純粋培養し、それ自体を方法化する以外あるまい」。

じつはそれは、八重自身が、「発狂」の域にのたうちまわった挙句、みずから「方法化」してきた実践であった。石垣を〝脱出〟してきた彼は、東京という「排気ガスとか人ごみとか様々の種類の雑音とか、現実的刺激にはこと欠かないこの大都会の真中で」、また「自分の歴史も出自も負目もいささかも反映されないこの抽象的空間の中で」、ひたすらみずからに泥んでいった結果としての「夢空」世界を（書斎を「夢空庵」と名づけている）、独白するというかたちで吐き出してきた。それに彼は、みずからの「発狂」を託したのである。そのエネルギーによって、なにか大きな存在、たとえば社会を、一挙に変えようとしたわけではない。「ただ、私は、自分が、このエネルギイが私という個体生命を通過する瞬間に、他在にとっての限りない栄養そのものであるエネルギイへと変化するかかる通過媒体でありたいとする果てなき思いを深い祈念のうちに持っている」、「私自身は、その祈りを心底に秘めつつ、己が発狂を調整しつつ発狂しきらねばならない」。

触媒たろうとするそんな祈りをもって、その「発狂」をことばとして表出すること、そこにそれまでの八重の人生はあった。彼は、屈従の中で喘ぎつづけるよりほかなかった八重山の歴史の中で、初めて局面を転換させ、歴史を爆破する道を拓こうと、独りもがいていたのである。

そんな人間が、「狂気」の淵をさまよわないわけがない。「私は私の精密な発狂の手段として言葉を採用し、その言葉によって意味定かならぬ（あるいは無意味とさえ言える、あるいは白痴そのものである）狂詩をひたすら綴ってきた」、「しかして、その余りにも無形な作業に疲れ、その疲れを癒さんと故郷（ふるさと）の浜を踏んでみたのだった」。

　ところがそのふるさとが、「発狂の原泉」であることを発見する。発狂から逃れようとして、あるいはその疲れを癒そうとして、八重は、ことばというような〝つくりもの〟の域をはるかに超え、そこから「発狂」がとめどなく湧き出る本体に直面したのである。「故郷は、まさしく発狂の原泉として、私が方法として採用した言葉による作業さえあざ笑うかのように、きらきらきらきらと輝いている。いやいやそんななまやさしいものではない。／発狂が白光となって、めくらむばかりに爆発している。／これでは、私の帰郷とは帰狂ではないか」。

「発狂」とのそんなギリギリの対決のなかで、島の北端平久保崎を訪れたさいの感懐は、離れ小島に生を享けた人間としての、哀しさ・寂しさ・切なさ・いとおしさを、抑えようもなく吐露した一節となっている。「昔、ここに島の役人の見張所が置かれ、北方からの船をみつけるといそいで狼煙をあげたという。その狼煙はあちこちにリレーされ、やがてこの島の主邑に至る」。「北方からの船とは、つねに税金取りの船であった」、が、「それにはかすかながら、文字通りかすかながら文明のかおりがただよっていたのである」。「われらの先祖たちはそのうす汚れたすえたかすかな文明にひたすらこいあこがれていたのである」、「この地点は、われらの先祖たちがひたすら思いを凝らして憧れと恐怖におののいていた地点だ」。

こうした哀しさの反芻を含め、ふるさとでの「狂気」との対面に、八重のこころはかえって安らいだようである。みずからの根の再確認ともいえるだろう。「確かに、故郷は私をイライラさせる。私の意識と感情をかきまわす。しかし、それらにはある切実な味わいがあり、私は言わばその味わいに対して正直に率直に反応する自分の気短かさを楽しんでいたというわけだ。／青い空と青い海、まっ白な砂浜にかこまれて、私はわが低能の覚悟を確かめ幸福であったのだ」。

この作品を八重は、「父母とふるさとの人々に」捧げている。一区切りつけたとの想いが、競りあがってきたゆえであったろう。そんな確信をもって彼は、東京で、八重山を根とする詩活動に入ってゆくことになる。

五　「爆発への凝集」

帰京後の第一作となった『孛彗』(神無書房、一九八五年、これによって第九回山之口貘賞を受賞)は、ふるさとをくぐってきた到達点に立っての、吹っ切れたという覚悟の据わった作品集と、わたしには読める。なによりも「序」に、その覚悟が、凝縮したことばとして迸っている。

時間はまず感覚となって顕現し感覚はおのが同時存在たる自然の中に花ひらこうとするが、
感覚はすでに生活の中、歴史の中に生みつけられている。歴史は容赦なく感覚をおしつぶす。
感覚は生活、歴史によって訓育され、すなわち様々の事件、様々の記憶、様々の情念の荊の
上に豊穣となる。
やせおとろえ豊穣となった、孤立無援の感覚!
苦しみの豊穣によりあるいは豊穣の苦しみによって、感覚は歴史をつきやぶろうとする。

「つきやぶれ！」これが歴史のただ中に生みつけられた感覚の歴史への応答だ。爆発、爆発への凝集。一人怨恨の怠惰の中へおちこむことは許されぬ。許されぬ者はひたすらおのれを爆発へむけて凝集に凝集を重ねねばならない。爆発。私は核爆発のように自らの存在の「核」に触れ、自爆したかった。そして一切をわが身もろともふきとばしたかった。凝集とは存在の核、核の構造へのいらだたしい探究である。私は自らの科学をうちたてねばならなかった。

八重の、この「序」への愛着はいまも深く、「この序文が一番好き。よく書いたなと思って」と語っている。その「生身の実験」を、「言葉のリズム」に賭けて遂行しようとしたのが、『孛彗』にほかならない。彼によると、表題は、この星が現れるのは乱の兆という言い伝えからでなく、幼時にほうき星を見たという父の思い出に拠るとのことだが、わたしのなかでは、「凶星」として「突き破れ」との連想を誘うものがある。

その覚悟は、巻末近くに置かれ複数の短詩から構成された長詩「幻化」の、巻頭詩「のろし」のなかに、つぎのように詠いあげられている。

「記憶のからくり／現世とあの世の／位相の変換／時間の構造／情報と持続の／あらゆる仕かけ／そんなものは何一つ／知らない」
「だが　ぼくらが現在／生きて他在を食っているからには／何かを伝えようともがかねばならない／いかにしてでも／火を噴く今の尖点にたち／黙示焼く必死の／のろしをあげねばならない」

そんな業を負う人間として、八重は、「序」とⅠ、Ⅱ、Ⅲで構成したこの詩集で、生が不可避的にもつ残酷さを、主題を自在に移動させつつ、これでもかこれでもかというように突きつける。そこにはもはや、ふるさとがもつ甘美な味わいは、さらさらない。逆に視圏は、さまざまな想像また実見をともなって、世界大あるいは地球大に拡大する。

Ⅰでは、自然界でのいのちをめぐる眼を刺す光景が、連続して繰りひろげられる。「渚で」のなかの一篇「浮力」で詠う。「海は僕を無視した／とび込んだ穴は　浮力で／かるくふさがれた／だが　どこかに／確実に　わが死体が／浮いている」。「悲しみのソルト・レイク」では、みずからを救世主と信じていた父親の自殺後、その父を神と信じていた母親が、子らをビルからつぎつぎに突き落としたのち、みずからも飛び降りたとの記事を書きしるす。「青」では、「おお　もえあがる／南海のオーロラよ／何百億何千億という／身をきりきざむ生命の／『祝祭』の声を／はなち／あふれにあふれふきあげては／くずれゆく／彩翠におう「時」のさざめき／生命は／生命をすて／ひたすらに弱いもの／『神』を育てる／くだけた自我の真空に／爆発する他在」と、生命のもつ逆説を提示する。「翳（ひ）」では、「まずはじめに眼球から／メジロを食うジョロウグモ」を初め、「相手の口から奥へ深くはいり込みことごとく／内臓をくいつぶす」というオーンナジャ、「托卵の巣のなかで」、幾匹もいのちをはこび落したカッコーなどを列挙する。

「変壊（へんね）」では、「少年時　耳の奥できいた／血の波の重いとどろき／〈君は爆発したくないか〉／ダイナマイトがある」、「〈君は知っているか〉／昆虫が／変態するときには／全組織がいちど／液体となる瞬間がある」と問いかける。と同時に、その間を縫うように、全篇をとおして、「裂けてゆく」、「砕け」、「えぐれた」、「抉りだし」、「ふっとぶ」、「ふきとばす」、「つきささる」、「血の味のする暗い発声」、「自らの棘に刺されて」、「生き物だけを狙った／中性子（ニュートロン）の爆発」、「狂おしい紫紺の／鱗粉」等々と、破壊衝動を体現することばが連ねられる。

それにつづく諸篇、「生誕」、「サーカス」、「えんじ」、「蠢」、「play」など、いずれも血に染められていない光景はない。「生誕」は、「赤い唇に血があふれ／地鳴りの底の重い闇の中で肉が裂ける」と始まる。「サーカス」は、「口に銜んだ短剣の尖に長剣の尖をたてその柄の上に盆をのせ」、「女の顔の上に剣と剣はしずかにゆれて」と展開する。「えんじ」は、「月経小屋！／戸口に／切った／鳥の首を逆さに吊りさげ／うす闇の中で／何を／祈る？／女たち」へと突き進む。「蠢」は、「豊饒の祈りに／性器を／露出し／経血をしたたらせ／時を忘れ／雨中の畑を／激しく／深く／踊り狂う」と結ばれるといった具合である。

そして結びの詩「咆哮」は、激しい性交を浮びあがらせる。「恥もなく／婚姻色に身をそめて／逆まき遡行する／大河／ぎらつく背骨は／哄笑し／ピストンの腰は／万力／山脈ふるわせ地平打ち／身をもだえ／下腹にみちみちる渾身の／雌雄がとどろく／白濁する／咆哮」とつづいてきて、「騰れ　しぶきよ／銀河をあらえ」に至る。

いずれも、狂気をともなっての、「爆発への凝集」ないし「自爆」への情念の発露でないものはなかった。そこには、歴史の爆破への執念があった。それを八重は、独力で、かつもっぱらことばによって、遂行しようとしたのであった。それほどに、みずからを拘束する歴史の圧力はつよく、また、それに耐ええないとする彼の感覚もつよかった。

その場合の歴史とは、というとき、なまなましく立ち上がってくるのは沖縄戦であった。IIに収められた作品の初めの二篇の長詩「言明」と「禁域」は、沖縄戦とその後を主題としている。

なかでも「言明」は、血の視点からいくさと歴史を衝いて、わがこころを攪乱する。酸鼻の極というべきこのいくさは、まず文字としてこう刻まれる。抄になるにせよ、詩句の配列に原形を遺したかたちで、引かずにはいられない。

鉄の光　岩は燃え
硝煙たちこめ　山は裂け
赫々（あかあか）と夕焼けは血の色に輝いて
島は今
百千の活火山
五十四万八千の米兵に囲まれた人間の
屠殺場から
偶然一粒こぼれおち
生きのびた
「沖縄戦写真集」

その序文

木よ伸びるな
草よ茂るな
世界の人間がこの惨状を見届けるまでは

二ページめに集団自決の写真がある
「米国の説明では本島南端で砲撃による死とあるが
あきらかに手榴弾による集団自決とみられる」——
編者註がついている　だが
クワやカマによる慶良間（ケラマ）の惨状は
「ここにのせるにしのびない……」と
載せてない

歴史は啖（くら）う　人の肉を

生きていかねばならぬから生きていかねばならぬいのちが
いのちといのちと絡まって
はてないいのちを
孵（すだ）していくが
その絡まりが歴史であって
絡まねばならぬ不安と渇きが希待と恐れに身を裂いて
からくもはりあげた
賭けの肉　その肉を
歴史は平然と噛みくらい
チューインガムよろしく吐きすてる

その沖縄戦につづいて米軍による占領の時代が来る。「あの鉄の暴風の後　今度は」として、詩人は詠う。

栄養豊富なこの土地で

（土にしみこんだ有機物！）
今にも島が沈みそうな巨大な物量の重金属無機作物を
三十年の労役をかけて純粋培養し
（その繁殖の比類ない見事さ！）
ついには島の重力に百倍する「核」の花を
つきさしながら
歴史よ　さらにお前は
何を呟い続けようというのか

歴史を思うとき八重は、ふるさとの歴史に刻まれた子殺しを想起せずにはいられない。

わが島には「歴史」がすんでいる
　島の石にころがるわれわれの
　「子殺し」
たたきつける白熱にさらされて血縁もつれ

腐乱する死屍　その眼に写る
暗い虹

その回路を経て、八重は戦争に立ち返り、かつて「動物的忠誠心」と罵られたその傷を引き受けつつ、つぎのように詠いあげる。

おお　アブラハムよ　松王よ
炭焼きのオッサンよ　トカシキ島のオジイ
オバアよ
われらが胸衝く
動物的忠誠心！　そしてまだ
歴史がわれわれの島に執念く栖みつきのたくり
まわっているからにはわれわれは
あといくたり
子どもを殺し続けていかねばならぬか

艦砲の食い残し（カンポーヌクエーヌクサー）
活火山の火口の淵から九死に一生を逃れ得た
生命（いのち）の匂いのする人がいう
生命（いのち）の潰滅していく写真集を編みながら

「いかなる理由をもってしても人間が人間を殺す仕業を
肯定することは決してできない
生命の中にこそ
あらゆる人間の価値がこもっている」

概念では扱い得ない　血であがなわれた
この暗い重い言明

（『沖縄戦写真集』とは、大田昌秀編著『写真記録　「これが沖縄戦だ」』〔発行・琉球新報社、発売・那覇出版社、一九七七年〕を指す。また、引かれている序文の文言は、「序」を寄せた仲宗根政善のことば)。

文字化するには、たぎる激情を、爆発に任せるのでなく、一面では制御しつつ、一点に向けて解き放たなければならぬだろう。胸中におけるそういうせめぎあいが、ほとんど表層化していることばの数々であろう。「爆発への凝集」は、この作品において、おそらく最高潮に達している。とともに、後年、「日毒」や「山桜」に結晶するスタイルが、ここに出来上がっているのを見るのである。

それらには、「詠う」というよりは、「語る」という性格が、立ち優っているかに見える。韻文よりは散文にぎりぎりまで接近している。感情の流露より事実の構成が、字面の主役となっている。だがそれは、いかなる意味でも、論じ来たり論じ去るという意味での散文ではない。見た目には、ほとんどどの行も事実の提示に止まるが、その事実はどの行も詩人の想いを推進力として、凝縮したかたちで打ち出され、しかもすべては、現在形で静止している。過ぎ去ることを決して許さぬという詩人の決意が、こうした詩形を生み出したのであろう。

「言明」が怒りの「爆発」であるとすれば、「禁域」は、沖縄を踏みにじるもろもろの力への怒りをたぎらせながらも、そのもとで呻吟するふるさとへの、いたたまれないほどの愛おしさをうたいあげ、その地を「禁域」と宣言した作品となっている。
「手を触れるな　美しい青空に／身をさし出すな　美しい島々に」と始まるそれは、支配を、たんに歯止めのない欲望の所産とするのではない。核ミサイル基地を「花々」に例える反語をもって、その支配が、よりあざとい、冷徹な「論理」に貫かれていることを撃ち、その島に生きる人びとの立場から指弾してやまない。

ここは人間の究極の知性が集中し結晶し咲きこぼれる場所
白銀色にきらめきふるえる花々の尖端は
世界のあらゆる都市へ狂いなく照準され
日々　その美しいほほえみを電撃よりも速く放射する
ふりそそぐ青空　大気を切り裂く金属音
近寄るな　なだらかな丘陵にやさしく草を食むヤギや牛
近寄るな　危険度「1」をかかげて標識はたち
これらの動物の呼吸の一瞬一瞬は世界の存続消滅の表示
全人類の欲望の組織が厳密正確に計数され

極度の理性と恣意の構成
空気のいささかの動揺一つにも比類ない合理性と繊細微妙な
感覚の顫動が
無限の平衡・対比・均斉をもって
ゆらめきそよぐ危機の島
（中略）
一触即発　そしてこの禁域に
百万の人間がひしめいている

人類破滅への照準をあわせる核に、正確に照準をあわせながら、沖縄に生きる人びとにとって、明々白々に破滅的としかいいようのない脅威を開示している。

八重自身、一九六二年、ソ連の核兵器搬入をめぐって米ソ間に一触即発の関係を招いたキューバ危機にさいしては、のちに作品「襲来」（『日毒』所収）で吐露するように（一八一頁）、「在京貧窮学生　私の心も／罅割れて　一日一日　私は何かの寸前であった／『あの島はもう一欠片(ひとかけら)も残さず砕かれ焙られ蒸発しているのでは……』／『もう無くなっているのでは……』／小さなラジオに齧りつき『基地満載のわが故郷』という、身体的恐怖を体験してきていた。

その体験にも加重されて、作業に当ってのことばの選び方、発話の仕方に、この詩人の、哲学・宗教・数学・化学といった人文・自然両科学に耽溺したという素質・素養が示されている。核をただ、人類あるいはわたしたちを破滅に陥れる恐怖のまと、非合理的な存在として、否定し拒否しているのではない。それが、「全人類の欲望の組織が厳密正確に計数され」た結果の製作物であることが、正確に見通されている。

大方の核批判が、核の反人道性を全面に押し出し、またそれは至極ありうべき姿であるに違いないのだが、その結果として核は、即座に拒否反応を引き起こす対象物として、それを口にする人びとの輪のなかで条件反射的に〝了解〟されるという位置を獲得し、そのぶん抽象度を高め、かえってその不可触性を増進する結果をもたらしていることは否めない。だが八重は、核という存在の内側に立ち入って、それが「人間の究極の知性」＝「化学の『粋』」の「結晶」であることを指摘し、それが、「極度の理性と恣意の構成」であるからこそ絶対悪という視点を打ち出している。そこに住む人間として許せないのだ。

「『核』が生きている」ということばを用いている。核と人間が共生できない以上、そうした用法は、即座に、人類には死あるいは絶滅という以外の選択肢はないことを暗示、いや明示する、といってもいいだろう。それほどにこの詩人は、核の存在による破滅・絶滅への危機感、また恐怖を語らずにはいられない、それが彼をして、これらの詩句を生み出させた。そのうえで、「ひしめいている」人間の一人として、「核」を撃つのである。

ここは純粋な論理の島
いかなる前提も概念規定もなしにひたすら
ある命題の証明がはかられる　そして
証明は成功したか　報われたものは何か
かかる「問い」は論理の禁域か

「論理の島」というところに、踏みつける力・圧し拉ぐ力の、圧倒的な重さ・強さ・仮借のなさ、さらに世界中に張り巡らされた支配網の圧倒性が、表現されている。八重は、そんな島で、踏みつけられている存在として、その底から、その重さ＝「論理」を撃つことを問いかける。そしてその問いは、ただちに沖縄戦とそれから続く歴史を、こころのなかに立ち上げずにはいない。

三十六年間論理によって殺され続けた人間と三十六年前
軍刀により斬り殺された人間と殺されたことに何のへだたりがある
おお　世界中のあらゆる危険が集中発光しているきらめく島よ
証明はやめよう　論理をすてよう
論理と鋭敏のいきつく先は核兵器
自負と希望　言語と解釈のいきつく先は「裏切り」
人間は自らが生物であることを知れば充分だ
何かへの証明はいらない　それはこの貧弱な島で
骨の髄まであじわいつくされている

そのうえで、こうした苦難、いや「地獄」を長きにわたって嘗めてきた「老人」たちに、つぎのように呼びかける。呼びかけには、苦難を生きてきた彼らへの、沈黙裡に過ぎてきたこと自体を含めてのこぼれるような敬意と、いくばくかのじれったさと、同時に、どうぞ語りだして叡智を分かってほしいとの慇懃な慫慂が込められている。

ありったけの地獄を一つにまとめた沖縄戦をくぐり
異族の支配に苦しみもだえ
毒ガスと核　日々の不安をしんぼう強いやさしさでつつみこみながら
百年の歳月を生きてきた老人たち
ほほえむ以外に能がなく
この重い歴史の底を生物である人間として
動物のようにすなおに深く生きてきた老人たちよ
あなたたちこそは
最も年とったゾウが最も賢いゾウである自然のように
あなたたちこそは人類の中で最も深い柔らかい叡智のもちぬし
その百年の歳月を深く静かに語り出せ

だが、と八重は、それによって希望や未来が拓かれるとは、想定していない。「地獄」からの脱出への曙光が見えるとは、思っていない。むしろ逆に、一切の救いを拒絶するように、ことばを文字として叩きつけ、それだけに島への愛おしさを狂おしく込めて、この詩を結ばずにはいられなかった。

ああ　しかし
ここは狂人の島　全国平均二倍半以上の狂者をかかえ
現実に疲れ
日々の発狂もはなはだしい

美しすぎる禁域よ

それを経てⅢでは、怒りの思索は、地上にみなぎる暴力の連鎖を、とくに核に力点を置いて糾弾しつつも、その先に地球・宇宙の命運を見据える方向へと、探針をのばす。

原爆や水爆や中性子爆弾もおとされて
ぼくらの島は
花火のように噴火する

「なにを知らせるのろしやら」（「幻花」中の「幻」）。

そこには、「ぼくらの島」が、まず生け贄となることを、疑いもない前提としながら、それを、地球全体の潰滅へのしるしとする見通しが語られている。八重は、花火へのつよい嗜好をもつが、みずからも愛し、美の華麗な展開であるその花火を、文字として挙げたところに、酸鼻を極めること明白な事態への、しっぺ返しとでもいうべき逆説が浮き出ている。

そうした切迫感に突き上げられて、八重は、みずからをも巻き込むかたちで、カタストロフィへの呪いを、はげしくまた果てしもなく、文字として打ちつける。「突然　大地は崩れて水となり水は底のない淵へ／落ちていった　森林がくずれた　山がくずれた／もりあがっては腹を裂きおのが始源を様々に顕／現しつつ激しくもだえくずれゆく幾条もの大河／厳しい水圧を充塡されて瀧は奔騰する　緑の爆／発　轟音　まっ赤にそまった夕やけにかぎの形／して龍がのぼってゆく」、「俺にさわるな　俺は針／俺にふれるな　俺は牙／俺は／爆薬！　からみにからんだ／複合汚染」（いずれも「おもろ」より）と、枚挙にいとまがない。

同時にそれは、滅びを通しての、再生への痛切な願いでもあった。「時速八十万キロ／銀河が一廻りする／二億五千万年ののち　そして／銀河がほろび　解体する／その無から／新しい系がうまれ／想像もつかぬ／生命が意識をもちはじめる」（「幻化」のなかの「のろし」）。

そうした消滅と再生への意識は、祈りにも似た切実さを充填し、かつ強固な身内意識を手がかりとして、芽ばえていったようである。ⅡからⅢにわたって、呪詛と見紛う激しいことばが連なるなかで、血族を主題とした作品だけは、まるで変ったやさしげの表情に満たされている。

消滅を受けいれる意識は、岳父の火葬の場面に作品化されている。

ゴーゴーとカマのバーナーが鳴り　ふと見上げると
思わぬ空にしらじらとやけていくけむりの不思議さ
たゆたいひろがりきえてゆくそのあとかたなさ
まごうかたなくひとつのことがおわりをつげ
どんなことにも最後というものがきてしまい
ポカッとひらけた底のない
悲愁
けむりはゆるやかにのぼりつづけ　そして
あとかたもなくきえてしまう（「空」）。

そこには、消滅と悲愁とが、自然の摂理として溶け合い、いのちを輪廻として受けいれる心象が、穏やかに詠いこめられている。それがいっそう、悲愁の深さに思い至らせる。もちろん突如、「空に手をふり　知らぬうちにぼくらが殺した」と、みずからに匕首を突きつけるような激情の奔ることは避けがたかったにせよ、その「妻の父に／わかれをつげた」と、終焉を受けいれることばで、この詩は結ばれている。

入れ替わるように新しいいのちが育ってゆく光景は、幼いわが子の場合として詠いあげられた。

眼に映る庭の景色は二階に借りた借家の窓のわびずまいからの
所有なき眺めにすぎないが
春は普遍
緊密な生命（いのち）の予兆
景色の木々のあみめを超えて
お前達の眼いっぱいにあふれている
その眼は　お前達の

光の入口　そして成長の
あふれ口
伸びゆく緑の深い「リズム」は周囲のおもわくとは無関係に
緩急自在に時を刻み　やがて
お前達は　いかにしてでも人知れぬ
自らの風景を見出すことであろう　そして
お前達の見る風景をみて
親はまた
新しい独自の秩序のよろこびをあじわうであろう（「春」）。

導入部の、「借りた」「わびずまい」「所有なき」「すぎない」などのはかなげな心象風景が、一転して「普遍」「緊密な」「いのちの予兆」「あみめを超えて」「いっぱいに」「あふれて」「光」「成長」「伸びゆく」「緑の深い」「リズム」などと、いのちの躍動する世界へ展開する手法は、未来への力強い歩みに思い至らせずには措かない。

そのときみずからは、未来への贄となることを甘受する。

ススキやササの葉を折って
ちまきのような巣をつくって
卵といっしょにすごもった
小さな
カバキコマチグモ

かえった子らは
母のふところ
ただちにその肉をくう
くわれるものは
逃げもせず
そのまま子らにくわれつづけ
自らの死にいたるまで
くわれつづけ

子らの成長とともに
昇天する

自然界は
日常
茶飯
慈悲の
奇蹟にみちみちている（「日常」）

この心情を八重はまた、「われはなりたや／慈悲の肉」とも言っている（「願い」）。「爆発への凝集」のはてに、八重はこうした未来への希求を込めたのであった。とすれば、未来に向けての拠点づくりは、どのように行われるべきだろうか。

六　死者たちをみつめる――帰郷前後――

そのあと八重洋一郎の詩業は、『青雲母』（七月堂、一九九〇年）、『夕方村』（檸檬新社、二〇〇一年）、さらに『しらはえ』（以文社、二〇〇五年）と重ねられてゆく。

その間に、一九九八年、石垣の生家への移住という決断があった。八重にとっては、「脱出」に若い日を賭けたその島への帰郷であった。三七年にわたる在京生活とそのなかでの思索をとおして、拠点としてのふるさとの像がしだいにせりあがり、不抜の存在となった結果の、決断であったと思われる。竹原恭子さんによれば、姉弟二人のお子さんのうち、弟に当るご子息の、大学での専門課程進級が決まった途端とのことであるから、親としての責任に一区切りつけたとの想いが、単身帰郷の断行に踏み切らせたようである。それだけ自問を重ねていたに違いない。伴侶はそんな八重を、「大人が自分ひとりの面倒くらい当り前に見れる筈」と送りだしたという。

帰郷ののち八重は、一九一八年建造という、「家屋は木々の中に沈没し、軒端や柱には蟬の抜殻、庭には数匹の亀の散歩、野鳥やコウモリの飛来、蛙の声、すっかり暗くなると蛍が灯を点して」(竹原恭子さんの表現)いる屋敷に籠り、独居生活を送ることになる。

『青雲母』を出すに当り、「あとがき」に書いている。「これまで外界から脅迫されたような形で自己の意識の構造をさぐってきたのだが、やっとこの頃このような垂直的な思考を離れて少しずつ実際の生活の場へ足を運ぶことができるようになったと思う」、「外界は今、私にそのもっとも切実な姿で立ち現われてきている」、「ここに集めた作品は、私がこのような転換点に立って一瞬視覚を喪失し、あらためて見えてきた世界を書いたものである」。

その「外界」とはというとき、それがおびただしい「死」の連鎖であることに驚かされる。在京期の『青雲母』から、帰郷をはさんで『夕方村』に至る八重の作品の主題は、「死」あるいは「死者」(「殺」を含めての)であると思わざるをえない。「死」あるいは「死者」にまつわる情景は、詩篇のいたるところに表出し、それらがとっかえひっかえ立ち上がってきて、読者に対面を迫るのである。とともにその「死」はしばしば、そこから再生へと連なりもする。

『青雲母』は、短詩から成るIと、散文詩また物語に近い作品を主とするIIに分かれるが、そのI巻頭の「きらら」で詠う。「ボロをぬいだ／すばらしい裸で少年は水をける／よろこびにはねあがる／サメの歯列」、「ガブリと／思いきりまちがえた歯から／しずかな／血けむり／胴は　食い／ちぎられ／碧水にゆらゆらとはらわたが／はなひらき　そして／ただよう足首をしつこく／くすぐる／コバルトスズメ」、「きらら／きらら」。強烈な陽光のもとで、と連想させる洋上での、凄惨な光景と鮮烈な色彩、それを「はなひらき」「くすぐる」と眺める詩人のまなざし、まるでこの光景を舌のうえで転がしているようでもある。

それを手始めに、死の光景がつぎつぎに展開する。「うらら」で詠う。「雪の朝／突然／機上の人となる」、「ふるさとは／あたたかい／緋寒桜のまっさかり」、「その花かげに／父は明るく死んでいた」、「うらら／うらら」。

「つらら」で詠う。「たちつくす馬の背をわけ／湖は／はれわたり」、「まぶたのきえた／水の上／白鳥（ハクチョウ）がその口を／きびしい寒気にとざされて」、「しずかに／飢餓の／つららがひかる」。

「シャワー」で詠う。「真っ黒くなった雲底から／海面の／白波という白波へ／（まっすぐな）／百の落雷」、「（毛穴のことごとくまで光かがやく）／電子洗浄」、「まっさらにさらされて／静かに／投げだされる／サーファーの／白いいのち」。

「雨あがり」に詠う。「去った冬にはこの位置に／からからに焼けた／父の骨を抱いていた」、「こわれた／十字架／少年であった父の／昔」、「その父をはじめからおわりまで／裏ぎって／私の少年」。

「出会い――死にゆく父へ――」に詠う。「あなたが死んで　私も死んで／大虚空へ四散する」、「永遠のいのちがあって／また自然が一つ一つ組織され　新しい／いのちが始まる」、「ああ　あなたとわかれ」、「(あのいのち　このいのち　生まれかわり死にかわり)」。

IIに入っても基調は変わらない。「証明」に詠う。「H死亡　血の池に浮べられつつ血を唯一の飲みものとし食べものと／しつつ禁じられた白い闇の中で極度の注意の集中によって飼われて／いたものが死んだ」、「Hは　いやHは今や変態しつつあるのだからH'としておこう　／H'は肉体を離脱し形態を離脱し　極度に不可思議　極度に微妙な人／格的身体となって　経験の第一歩自らの責任をあがなう地獄の底へ／とぼとぼと歩みはじめる」、「そのゆくえに／カンポーによって散ってゆく肉体／ピカドンによって蒸発してゆく肉体／首を切られその穴から血を噴水のようにふきだしている／肉の花／　……………――／　……――」。

「ハイミ」に詠う。「ここは『南(ハイ)』『見(ミ)』で／ここからは波照間(ハテルマ)がみえます／どうせ島を出るのなら島の見えるところにと／ここに場所を定めたのです」、「出船の前には何日も何日も牛や馬や山羊や豚／家畜がみんな殺されました／――これは軍がごっそりもっていったのです――／ほったて小屋をたて新しく土地をほりおこし／イモやヤサイをつくりました／そしてたちまち人々の腹がはれ頭は毛が抜け／熱に燃え　バタバタ死んでいきました／このあたりには八百人あまり／その三分の一が倒れてしまったと思います」。たまらず波照間に逃げ帰ったあと、そこでもつぎつぎに倒れ、さらに西表島への移住へと追いこまれた島人たちの、沖縄戦での苦難が、長詩として書き連ねられている。

「閑雅」は、幼い頃の記憶である。「祖母はシブでまっ黒になった柱にもたれ苧(ブー)を績(う)み／つつ」、「七代前八代前からたんねんにたんねんに話の網を／あみひろげていた」、「(生身の記憶を語る外女に系図があるものか)／かたわらにねころがり　おさないわたしは」、「しずかにあがりさがりする祖母の腕のタルミを／手に受け／そのゾッとする古びた肉のつめたさを　こころに／じっとあじわっていた」。

「白」に詠う。「タイコンデロガ／沖縄沖／水爆水没」、「知らされぬが仏／二十四年／幾たびこのぶきみな静けさを／わたったであろう」、「TVをみながら／心臓が小さくバクハツし／凍りつき」。

「資料館」に詠う。「伊原の壕を横に見ながら／門前にたたずむ　その門柱は／アルバムにあった／沖縄女子師範・県立一高女の門柱そのまま／門をくぐってハッとする／資料館とはいうがこれは沖縄古来の／亀甲墓」、「展示資料を一枚一枚読みながら／そっと足をはこびながら／思わず涙がこみあげる」、「さっきから／まだおさな顔の少女の写真が一つまた一つとかかげてあったが」、「それは　彼女たちが／死んだ時間の順序だったのだ」。

「夢違え」では、「小エビ」と「ぼくら」という二つの生命の循環が対比される。まず「小エビ」でいう。「密封されたガラス球　水と藻と四、五匹の赤い小エビ　外界からの／酸素はたたれ　小エビはエサを与えられることもない　だが水球は／四年余も生きている　手のひらにのる切なく小さな生命地球儀」。それが可能なのは、「藻が光を受け　受けた光で光合成をおこない酸素をつくる　小エビ／はこのつくられた酸素を吸い藻に必要な二酸化炭素をだし　藻とバ／クテリアをエサにする　バクテリアは小エビの排泄した有機物を分／解　分解されてできた無機物　やさしくくねる藻に取り込まれ……／思わずほっと息をのむ繊細微妙な生命サイクル」が、できあがっているからである。それに比べ「ぼくら」の世界は、（そこにも「ぼくらはぼくら（の排泄物）を食ったその豚を食い」との循環の思想があるが）「文明開化以来　明治・大正・昭和・現代（そしてその間にはけたたましい戦争）……と　外界へ／ぼくらの循環（サイクル）をひたかくしにかくした」、「ブンメイは　ボクラをさらした　骨の髄　腹の底まで／ぼくらをみすかし／赤剝（あかは）げにした　しかしあるいは（あるいはしかし）／それがけたいな生身の実験！」。

「砧」は、大学紛争の渦中に急死した夫をもつ女性の物語として構成された作品であるが、「人は死ねばゴミになる……」を基調としている。

「昼」は、沖縄では、（固有名詞として明示しないまま）、墓地に咲く花であった仏桑華が、〝内地〟の大都会ではハイビスカスとして愛でられていることへの、皮肉と寂しさを写しだす。「花は墓地に咲いていた／けっしてこの世の屋敷にはいれられず」、「それが今では／しあわせの花」、「大都会のデパートの賑やかな／シンボル・フラワー」、「墓地にぬかづいていた泥くさいぼくらがみると」、「あの世からの目のさめる／美しい通信！」。

なんとおびただしい死が、八重の脳裏に蠢いていたことか。少年の死、父の死、沖縄戦による死、作り出された新兵器による死の予感、さまざまな死が乱舞して、彼は、ほとんど死を食んで過ごしていたかに見える。それをつうじて八重は、血縁を考え、戦争を考え、来し方から行く末にわたっての文明を考え、さらに死者からの通信ないし死者との交歓に至っている。それは同時に、死と、半面では対比され、半面ではつうじあう状態としての生＝いのちの反芻に連なった。その思考は、ある場合には循環と不滅性の強調へと傾き、ある場合にはものみな必滅へと傾いている。そういうかたちでの、みずからの存在への問い返しであった。

その『青雲母』は、巻末に置いた一篇「そして（朝）」で、「心中」を取り上げ、死が、情報時代にもかかわらず、あるいはそんな時代ゆえに、「情報のカケラ」として「食いあらされる」と指摘して結ばれる。「昔なつかしいこの言葉／専門家である彼らは／雑多な複雑な大量の情報を瞬時に処理し／あざやかな色分けグラフをかいていた」、「だが機械でない光でない内側からの／チクチク胸刺す／通信は処理しきれなかった」、「刺しちがえたが　腕力の差／女だけが死んでそして／朝／新聞記事　猟奇ダネ　スキャンダルとなって／（情報のカケラ）」、「外部の人間達に／外部の情報として　思うぞんぶん／食いあらされる」。機械時代の果てに、死が弄ばれることへの拒絶感の吐露であった。

それだけに、死を見つめれば見つめるほど、八重には、死者たちの想いや、彼らの発することばが聞えてくるようであった。死者は永遠に去ってしまった存在ではない。逆に、死者であるがゆえに、生者に語りかけてやまない。そこに彼は、再生の具体的なしるしを視たようである。生者必滅であるにせよ、滅は終局を意味しはしない。『青雲母』は、折々そうした再生の物語を載せており、その意味ではこの詩集は、死と再生の物語から成っている。

「迅雷」は、「ひじを切ってこい／胸を裂いてこい／きりきざんでこい／体を／その心をすててこい」というように、心身の切り刻みの情景をことばとしていたが、それにつづき、「ここにすわれ／すわれ／すわれ／すわれ／すわりつづけろ／九年／千年／時をすて……」、「起きあがる／アシュラ　眉をひらく／少年／切りきざまれた肉をひろい／骨をひろい／百億年経ったバラバラの／おのが体を組みあわせ／胸をはり／ひじをとりもどし／足をつけ／目にもとまらぬ速さで／空を切って　とび／走る」と、再生の物語へとつづく。仮に前半部を解体と呼ぶなら、これは、解体にも拘らず再生に至ったというのでない。解体が、再生への必然の条件をなし、解体あってこそ再生に至るという文脈になっている。

「浜Ⅱ」には、あきらかに八重山の風景のなかに、融けいって再生する心象が描かれている。「むこうの小島に／白さぎがすわり　浜には」、「わが子二人のシルエットばかり／ゆうやみはとけてやみとなり／ピカリ／一万光年の灯台がひかる」、「かぜのおと／なみのおと／かぜのおと／しおのおと／かぜのおと／なみのおと／かぜのおと／しおのおと」、「魚がひかり／砂がひかり」、「ああ／前世の自分さえかすかにひかりだしそうな」。

八重は、「爆発への凝集」をへて、死と生を突きつめて考え、両者の交歓を軸に生きなおそうとしていたのである。そのさい居場所として立ち現われるのは、そうした交歓が日常的になされるところ、血につながる幾代もの人びとが起居し身罷った生家以外にはありえなかった。同時にそれは、ふるさとを不動の拠点として、その地に籠もりつつ、八重山を、沖縄を、日本を、アジアを、米国を、世界を、地球を、宇宙を考えようとする姿勢を確立することでもあった。父の他界後、生家が空き家のまま置かれていたことは、彼にとって移住へのかけがえのない条件をなしていたであろう。

八重は、帰郷後の第一作というべき『夕方村』で、二〇〇一年、第三回小野十三郎賞を受賞するが、受賞記念座談会で、帰郷の動機について、「田舎の父母が亡くなりまして、生家を無人のままに放ってあったんです。それをどうにかしなければいけないという責任感と、自分一人都会でいい気な生活をしているという負い目、それに時々へんな夢をみるんですよね。それでいったん帰って、現場に立って『自分はこれからどうするべきか』を考えなければいけないと思って」と語っているが（「詩論の現在・詩の風土」出席者は八重と北川透・木澤豊・山田兼士、『樹林』二〇〇二年二月号、ここでは『八重洋一郎詩集』砂子屋書房、二〇〇八年、現代詩人文庫11、所収、による）、そこにも、「自分はこれからどうするべきか」への決意の強さがみてとれる。逆にいえば、五〇歳になろうとしても(に達しても)なお、生きなおさなければとの覚悟を更新していたことになる。『青雲母』につづき、帰郷という節目をへての『夕方村』は、ほとんどが、ふるさととおぼしい場を舞台に展開される死の情景また死者との応答から成り、長詩「どくろうり」を結びに置く詩集である。

なぜこの書名としたかについて、八重は、前記の座談会で、「『夕方』というのは時間で、『村』というのは空間です。日本は今非常に近代化しているんですが、その底には『村』性があると思うんです。ですから、『夕方』と『村』をくっつけて、『夕方村』ということばを作った」と語っている。が、わたしには、人生の黄昏から終章(終末・終焉)へと連なってゆく心象、その直前に夕やけという輝きを見せることの組み込み、さらに八重山が、日本で夕方のもっとも遅く訪れる地という意識も、重なっていたように思われる。

日本文学を「夕暮れ」を軸とする視点から読みなおすべきだと唱えたのは、平岡敏夫であった(と過去形でいわねばならぬ存在となってしまった)。『〈夕暮れ〉の日本文学史』(おうふう、二〇〇四年)、『夕暮れの文学』(おうふう、二〇〇八年)という二冊の著作で(さらに『詩集夕暮』鳥影社、二〇〇七年、もある)、彼は、「くれがたのおそろしさ」(山村暮鳥のことば)、「一種の伝統的不安」（柳田国男）を浮き彫りにしたが、八重は、『夕方村』で、わたしたちを、「死」のまえに引き据えずにはいない。

その『夕方村』に収められた詩「赤」に、「ほほ骨が灼ける／何年も何年も／朝から晩まで夕やけをみていた／かすかな動きさえ／封殺され／真正面を向きながら」（「朝から晩まで夕やけをみ」るというのは、論理的にはおかしいが、心理的には真実であろう）、「わたしはまちがえなければならないのか／わたしは夕やけをみるためだけにうまれてきたのか／わけもなくつけ加えられたようなわたしという／ぶざまな偶然をバラバラにし／いのちが　ざっくりわれてくるのか／えたいの知れない／よび声がわたしを裸にし」と詠っているように、八重山からみる夕やけは、八重の生に張りついていた。

詠われている主題は、ほとんど例外なく死であり、設定されている場＝空間は、「どくろうり」をのぞき、隠喩をも入れてすべて八重山を場とし、その島での出来事や風習、また信仰を含む民俗に材を取っている。八重に、この造語への執着がいかに強かったかは、詩集に、おなじく「夕方村」との表題をもつ作品を四篇入れたことにも示されていよう。そしてそれらは、一篇をのぞき、いずれも複数の短詩から構成されている（ここでは仮に「夕方村」Ⅰ、Ⅱ、Ⅲ、Ⅳとする）。逆にいえば、彼は、視点を、住み着くようになった八重山のさまざまな死に局限することにより、人間の死に方からその生を問うという普遍性をめざした。「夕方村」という造語には、少なくとも八重自身が表立って言うより深いこだわりが込められているようにみえる。

のっけから死の光景の連鎖である。巻頭の「夕方村」Iは、五篇の短詩から成るが、いずれも尋常ならざる死を主題とする。

「カラス」では、嗜虐性さえ含むその描き方に、詩人の死へののめり込みぶりが浮きでている。「狙いを定めて撃ったのに落ちてきたのは／子供だった　今も日毎（ひごと）の／酒杯（さかずき）に／血のようにうかぶゆうやけ」。

さらに「闇」では、「つりばりにぐさりとのどをつられたように／皮も振らずに／コオモリが浮いているだけ」、「鐘」では、「ギョーン　ギョーン／島のすみずみに死者の鐘がしみわたる／潮鳴りは激しいが／血縁（ニク）を食う闇は寂（シズ）か」、「礁」では、「いつまでもまといついて離れない剖（ひら）かれた／フカの腹の中の赤い布（キレ）」（そのフカは、桟橋を「女たちによって逆さにひきずりあげられた）や「その沖に／裏切られたうらみのようにくねりただよう／ホオジロザメとまちがえられて刺し殺された／白人（しらべえ）のながい死体」、「余熱」には、「じくじくとしたたることがないように　思いがけず／（肉が崩れて）その顔が／笑い出すことがないように／サラサラ　サラサラ　何度も何度も　お茶の葉がまかれた／お茶の葉がまかれた／あわれな死」、「真夜中　奇形が／神（カン）になっていくひそかな臭いにむせながら／人たちは／あつい　あつい　お茶をいれる」と、大方は非命の最期をとげたいのちあったものの〝生態〟いや死にざまが写しだされる。

こうして死の描写は、ぐいぐいと、といった風情で民俗の次元に降りて行く。「カイガラ」は、「浜辺のアダンの林のかげに　時々小さな墓がある／そこらあたりに転がっているシャコ貝をかぶせ／ただそれだけの」、「ひっくりかえすと滑稽なほどの小さな頭骨／胴体　手足／フレルとバラバラ」と、さりげなくその墓の様態を描きだす。それは、見つけると、「骨をけとばし　少年たちは／貝をもちあげ　水際へはこび／ひっくりかえしてなべにして／今　つかまえた魚をおよがす」ような、再利用に恰好の貝ではある。だがそれには、人頭税の重圧に耐えかねた人びとが、やむなくそれをかぶせて赤子の息の根を止めた証拠物件という、歴史が詰まっていた。「日が昏れると浜辺にはいつも赤んぼの声がした／密生したアダンの棘にひっかかりながらほそくよわよわしくだがくっきりと／シャクリあげるように／闇をぬい／波がしらをうち／星を洗って……」。そのうえで詩人は、こういうことばを継いで、ノーテンキなわたしたちに止めを刺す。「『ほんとは／お前にもかぶせようとしていたんだよ』」。

「家造り」は、めでたいはずの地鎮祭後の光景から始まる。「地搗きの歌はめでたくおわった／きょうは最後の／『じゅず』をまわそう」、「桐の木でつくった／直径十八尺の大じゅず」、「肩をくっつけぎっしり輪になり／お念仏をとなえ　まわってくる珠をさすりさすり／つぎつぎにとなりへまわす」、「低い声　高い声が／ぐるぐるまわり／ぐるぐるまわり」と進んで、一挙に落す。「輪の真ん中に柱が一本／ヒトツバシラ／人柱（ヒトバシラ）」。

「ゆらら」は、幽界から連れに来た幽霊を主人公とする。「悲鳴のような深呼吸／ふと　もののけはいに　めをさます……／ハッチャン姉さん！／あのときの／体ピッタリの着物をかけて（下の骨が透けそうな）／皮がピッタリ骨にはりついたまっ白い手をそっとつきだし／（いつかみたユーレイ屋敷のユーレイの手）／ハッチャン姉さん　今ごろ一体／どうしたの」、「お母さんが呼んだから／お母さんがあんなに何度もよぶから／トモ子ちゃんをつれにきたの／もうだめなのに／よびかえそうと／あんなにさけんでかわいそうなお母さん／だれにも言わないでね」。

「白い巫女」では、「上からも下からもななめからも横からもからみあげられ／しめあげられて／あなたは鋭く傷ましくやせはてて　ついに／冷酷　諸刃（もろは）直立の剣となる／身を投げよ　絶巓から／碧天へ／天を刺せ／碧天へ／天を刺せ／碧天をきりきざめ／あなたにみえないまひるの星をツルギのはだに涼しく焼きつけ／きらめき輝く暗黒不信の／銘とせよ／碧天をえぐれ／深く深くもっと深く／ああ／夕映え　内と外から／鮮血をしたたらせ金色に燃えあがる／夢のはて」。

「パラボラ」には、こんな光景が詠われている。「一本一本コンクリート電柱が大森林となって無限に輝き／物食う人間の眼前にキッチリ計算された分子結晶／何百年も前に食いつくしたからな／空気まで食べてしまったから今やわれわれの／生理構造を真空にあわせて改造しなければならぬ／酸素のない空に／とんでくる鳥はみんなジェット機／ああ　なびけ青ひげ／地球よ　回転をはやくしろ／一切合財ふりおとせ」。

「待つ人の家」に詠う。「ねてばかりいて退屈だから少し変わった／音色がほしくて小型ステレオを甕（カメ）の中へ入れる／カメは　私がやがてはいる骨（コツ）ガメよ／破風付屋根はないけれどかなり大型　それを倒して／横にしてカメの口を耳もとに　スイッチを入れる」、「カラカラ　私の骨が洗われて／カラカラカラ　音と戯（イタズ）ら空中ブランコ　足がバタツキ／少しコゲくさい土の臭い　象牙のにおい／カタツムリをひきつぶし何千匹とすり込んだ／パナリ焼きのにせもののにおい／関節が砕ける　音が砕ける／甕の肌がほんのり赤い母さんのお胎のように焼けてくる／カラカラ　ホネの空中サンポ……／血の色におなかは夕焼け」。

「夕方村」Ⅱで、切り取られた光景。「サメに食われたんだ　釣りの／名人だったからね／一度は浮きあがったんだ　でもね／ズルズルと足から／スーときて一匹／スーときて二匹／むらがってきたよ／深々と心ぞうの奥まで食われた／ムラサキイロニミズハサキ」。

「酷熱」に、「火葬場のえんとつからそっとあやうくのぼるけむりは（ひらかなでつづられたこの箇所は、煙突からゆるゆると〔けってもうもうと、でもなく、もくもくと、でもない。炉はごうごうと燃えているのに〕立ち昇ってゆく煙を、眼前に浮ばせるが〕／きらきらひかる深いなぐさめ／今焼かれているこの人は今生死を一貫しているのだ／島々や村々ののがれられないはてないくらしがここで空に／のぼっていくのだ」、「生きていた時のすべての不浄を焼きつくし／焼かれるだけ焼かれ崩されるだけ崩されてマグネシウムに似た／ひかりを明滅／めぐるいのちがくらいながい時間を通してとうとういたりついた／ほのかな物質／ホラ　これが今生れたばかりのやけどしそうな／パリパリはじける／熱い骨」。

「夕方村」Ⅲは、「月」Ⅰ、Ⅱ、Ⅲから成るが、そのⅠで、「『おれがいなくなったら／あの岬へいってみてくれ』」、「満潮に　ぶくぶくふくれて浮いていた／気楽なあいつ」。

そしていよいよ、みずからをも俎上に載せる血縁関係に踏みこんでゆく。そこから見返すとき、それまでの死者たちの列は、ここに至る序曲であったような印象をもたらす。

「月」Ⅱに、さりげなく、しかしたぶん十分に意識して、この詩集では唯一の、詩への前書きを置いている。「いつの頃からか世の変貌に耐えようと柱にこの家の戒が刻まれ　ひそかな嘆きを吹きかけるため黒い巨きな練り絹の複雑な結びめが念入りに組みあげられ　それらは暗い一室にあり真夜中　人はあかりもつけずに影のようにその部屋に出入りした」、「こうしてこの家は何世代いきのびてきたのか　いきのびては／たして／何を見たのか　何をえたのか」。それは、風来坊同然であった自身が、その家に根を下ろして生きてゆこうとするに当っての、みずからにたいする問いかけであった。

「祖母がくぐると石門にかすかな音がして／闇が深くなった／祖父を先頭とする威儀厳しい先祖の予感は／屋敷の中央　幾すじもの壇をなし／戒の暗柱が空間を截(き)った」、「幾重にも幾重にも深い解き難い迷いを重ね／闇は　こんなにも切なく／少年を形づくってくれていたのに／祖母も父も母もきえ　白砂／影ひとつない明るいわが家」。

「密語(ささやき)」に詠う。「ボーボー焼いてそのあとの灰を播く／灰は土に返る直前　風にのって／まいあがりきびの葉尖にふりかかり　はたけは／いちめんうすむらさきの花ざかり　さかんに／おいでおいでをしています／先程箸を持っていた近縁者ならだれでも　やさしい／花咲かばあさん花咲か爺さん」、「人を植えると生えてくる／さとうきびは筋っぽく糖度はあまりありませんが／節と節とがふき出たカルシウムであやうくひっかかりつながって／ヒョロロ　ヒョロロとたちあがる骸骨(ほね)／右に左に月にてらされ風にふかれて　その／節々(ふしぶし)がおどりながらふるえながら泣くように／カタ　カタ　カタ　カタ　鳴るのです／島じゅうに生えているきびばたけへぜひでかけてそっと」。

そして「繭の中」で、自画像が描かれる。「十重(とえ)　二十重(はたえ)／わたしはみどりのまゆの中／籐(とう)の椅子にこしかけて　せすじをのばし／そよふくかぜにふかれながら　ほほづえをついている／ゆびの尖がわずかにゆれる」、「あらぬかたへ　あなたこなた／あらぬかたへ　こなたかなた／ふらふらとさまよいつかれ　あれから何十年　私は今また／まゆの中」、「わたしの鍵があけられる／感覚がひらかれる／時が一粒一粒あけられる／来し方がどろどろになる／脳ミソもからだもどろどろになる／ゆくすえがまっくらになる／まっくらやみがどろどろになる／私はどろどろの私のなかでどこからか地虫のように／とぎれとぎれにつぶやかれる涼しい声を／きいている」、「私は痴呆のまゆの中　せめて姿勢(かたち)だけは格(ただ)して／ほおうっとかぜに吹かれていよう／ほほづえついて／ゆびをかすかにふるわせて」。

そのうえで、つぎつぎに現われる血に繋がる人びととの、別れの瞬間の追憶というかたちでの対面が、作品化される。身罷かった人びとが、一人また一人と、面影を現しては去ってゆく。その部屋に八重は、そんな彼らに囲まれて起臥することになる。自分が何者かの反芻は不可避であった。

「サラサラ」は、その名づけ自体が焼尽された骨への連想を誘いつつ、この家のあるじとなった八重の、自己定置への呟きとして結晶した詩である。「姉はねていた／思いきり身をくねらせきついX字形の足をして／やっと神経の世界から自由になって」。「私がはじめてここにねている人を見たのは／祖母である　長い手を組み手の甲には黝（くろ）ずんだ／青い入れ墨　足を三角に立て硬かった」。「出発に際して祖父はまだ生れて五ヵ月の／赤んぼにすぎない私にむかって／さようならさようならと繰りかえし　その時の／写真が私の見た初めての写真」。「父は真っさおな顔でねていた／長い意識の混濁のすえに　突然／『感無量！』さらに大声で『タオルを持ってこい』／大粒の涙をタオルにあてて　次の瞬間／手を落とし　見る見る蒼くなったのだ」。「三歳の記憶を思い出しては／あんなにみんなを笑わせた母も　老い　病み／歪み　ここにねていた」。「九十三歳まで壮者をしのいだ曾祖母」、「息子どもを長竹でたたきしつけ　彼女は／島の役人の最高位・頭（カサ）のむすめであったから／ここにねた時も彫像のような白皙」。「一方、舟材を求めて深山に入り三十三歳で／蚊に刺され寒さにふるえこわばった／曾祖父　たたみをはがし水をかけ枕もとでは／泣き声がはじけバンバンと火がたかれ……」。

その果てにある自分。「久しぶりに帰郷の我家　からっぽになった／広間のまん中　懐しい白骨が次から次へと湧き／あがり　サラサラと／ひとおどり踊ってはわが名を呼んで消えていく／消えていくその跡に　今一つ／カスミを食って歯の欠けたサラ新品の／漂白非人」。

その「漂白非人」にとって、生きなおしへのスタートは、必ずしも容易なものではなかった。「寺子屋」を開き、子どもたちの声を、この旧い屋敷に引き込みたいと、家財の配置換えに取りくみはじめるが、ほどなく祖先以来の遺物の数々に直面する。「この家　この屋敷　屋敷の周囲にめぐらした木々まさしく父母のもぬけのカラのふるびた秩序に私はもどる」のを、自覚せざるをえなかった。

旧い重い家に、ただ独りたたずむ「漂白非人」の自覚に至って、八重には、それまで彼に張りついていた、あるいは、彼を脅かしていた「死」は、生々しさを減衰させ、そのぶん浄化され、生また再生との境目をおぼろにしてゆく。

それは同時に、八重洋一郎のなかで、みずからへと連なる先代の人びとが、確固たる軸として思い返され、定置されてくる過程でもあった。のちに繰りひろげられる強烈な国家批判は、たぶんに、家系を背負うものとしての、不退転の決意に支えられている。うねりをもって継起してきた生と死にまつわる記憶（そして記録）が、その部屋に寝起きすることになったという具体性をともなって、彼を家に貼りつけずには措かなかった。

「マンダル」は、神成家（カンナリヤ）の、その名を「マンダル」という九十歳を過ぎたおばあさんが、だんだん小さくなって「極微の微塵」となってしまったが、五十年を経て、「極度に遅い生物的ウラニウム崩壊」の結果として、二身、三身に分裂し、三人のおばあさんとして、「つましく老人の層」

を形成しているのであったという物語である。「葬礼により物質的なものはみな元素に還元される。そして生命であったものはみな純粋な生命となるのである」、「カンナの花咲く神成家（カンナリヤ）のおばあさんは、かくて姿なき無量寿のいのちとなられ、今もどこかで美しく輝いておられることであろう」。

長詩「エコー」は、赦しをもってやさしい眼差しが、運命を受け入れるよう、まわりのだれかれに投げかけられている光景を創りだしている。「あの夕方／あの夕陽をあびていたあの二十階のあの窓から／あなたはコトリになったのね／両手をひろげ／セーラー服のエリをたて／白いネクタイをひらひらさせながら／あなたはもういなかった／ホラ／あのときのヒラヒラネクタイにつつまれて／あなたはちっちゃなお骨になって　私のへやの／タンスの中にねむっているの」、「コーニィ　コーニィ（少年よ　少年よ）／落ちぶれることもあろう／自分という人間がダメでしょうがないことをさとることもあろう／（中略）／だが少年よ／それが事実なら致仕方ないではないか／現実は現実として立派に実現されている／ゆるぎないのだ　それがお前ならそれであるほかはない／涙おとしてもミシャーネーンバ（いいではないか）／胸がはりさけてもミシャーネーンバ（いいではないか）」、「ピシィ　ピシィ（少女よ　少女よ）／あなたが母となってわがむすめが何かをみたおかげで／正気をうしない空の彼方のあらぬ方向へ／さまよいさけびとびだしたとしてもそのむすめは／ピシィー　それはじつはあなたのことなのだから／あなたはこころをしずめ身をあらい／あなたもいっしょに気がふれて／（中略）／きちがいおどりを／おどれおどれおどれおどれ／声がはりさけてもミシャーネーンバ（いいではないか）／涙がかれはててもミシャーネーンバ（いいではないか）」、「おとめからおとなへの逃（のが）れられない出発は　逃（のが）れられない／針突（ハヂチ）の激痛／一切はそのときとっくにきまってしまっていたのだ／うらわかき／おばあさんは小っちゃな島から一歩も外へ出たことはなかったけれど／地べタにくっついてハタを織り　石コロをかきわけてアワをつくり／あっちの山では木の皮をはぎ　こっちの浜ではぬのをさらし／アワリヌゴーカズ（苦労の一切合財）／ナンギヌダンダン（苦労の段々）／バンダーティーヤカニティヤリキーラー／（わたしどもの手は金属性のてのひらですからね）……」。

　そんな光景を頭に反芻させながら、それにたいして自分は？　という自問が、八重を捉え苛むことをやめない。そのことがまた、彼に、浮んでは去ってゆく光景への憧れをつよめる。「思い出いっさいをひねりつぶして／なまゴミにしてすてにきたのに／なぜまたまぼろしがわたしをおそう／わたしはまっくろ／くらいかげ　くらいわたしはなぜこんなにも／好きなのか／ガイコツオドリ／はなをひんまげよろよろと／洗骨仕遂げる　おばあさんの／ふるえる手」。

　懊悩のはてに、一挙に視界が開ける＝みずからを救える想いを載せて、「どくろうり」が書かれたと思われる。この作品は、「どくろ　どくろ　どくろはいらんかね」と、「ピカピカみがいたしゃれこうべ」を売り歩く「どくろうり」の、〝商品〟の一点一点についての能書を並べたてるという構成になっているが、八重はこの発想について、前記の座談会でこう語っている。「『正法眼蔵』を読んでいた時に、道元が弟子たちを鍛えるにあたって、『昔中国では徳の高い人が死んだ時に、何年かたってからその人の骨を取り出して、これは人生万般の薬であると売り歩いたものだ。君らも自分の骸骨が売られるような立派な坊主になってほしい』と叱咤激励している場面があったんです。それを読んで感動しまして、わたしもどくろ売りを書いてみようと思いました。わたしの詩の中には、死んだ人がたくさん出てくるんですよね。(中略)そういう人たちもぜんぶ含めて、ぼくは今自分の背中の籠の中にどくろを入れて『どくろはいらんかね』と売って歩いている。そういうのが、わたしの社会への参加だという気持ちで書きました」。

読んでわたしは、八重のなかに貯えられて来た死者たちの〝たな卸し〟ではあるまいかと思った。そこには、皇帝の息子であった「矢じりのささったままの小さいどくろ」、「われはテンノー」と名のったどくろ、「人間が猿であった頃／はじめて墓にほうむられた」どくろ、「切られ殺され爆破され粉々になった／破片をひとつひとつガレキの中からひろいあつめ／少しずつ組みたて」てできあがった「散華どくろ」などがある。それぞれの〝商品〟の効能をのべながら、一括して売りに出している。

一見して、死者の冒瀆ではないかという禁域に踏み込んだ。だが詩人は、それによって、現世での生の在りように批評を込めながら、個的でしかありえない死の普遍化をはかったのである。

「このしゃれこうべの何もない眼窩にみつめられれば／あなたはただちにあなたという個を抜け普遍の実態へふれる／ことができます」。

とはいえ、これらのどくろの物語も、最後に置かれた「新仏（にいぼとけ）」のどくろに至ると、すべてはこのどくろを主題に据えるための前提であったのではと思わせられる。「実は　これ　私のどくろ／一〇八階のビルの窓から足をひっかけころがりおちて／全身打撲ただちに脳死　おお　なんと心臓だけはいつまでもつぶれず／いや　私の心ぞうは神経質で人一倍小さかったからな／重力の衝撃から逃れたわけだよ／私の体はみんなトラやライオン　サルやネコ　その他の動物のエサとして／ドッグ・フードにまぜられて／私に残されたのはめちゃめちゃになった脳ミソと　この／ずがい骨だけだったよ／首ちょうちんよろしく自分のずがい骨を集めてさ／けんめいに修復して一人前のどくろに仕上げ／それでもまあ　これで人生はひとまず終りになったのだからと／きれいに洗ってサラシに巻いて桜の木の根っこにうめたよ／あれから何千年をけみしたが　私は　ほれ　時間を超越したもの／空間を超越したもの　あらゆる形を超えたもの／いつでもどこでもいかなる瞬間にもいつもピンピンして／いるのさ　いつも新仏　桜いろした／さらしんぴんのしゃれこうべ／さあ　いらはい」。

一〇八階のビルとは、百八煩悩の意味を込めた表現に違いないが、八重はこうした長い詩句に、生きなおしへの葛藤と決意を示したのであろうと読みとれる。「脱出」から帰郷までの長い道のりをへての再出発であった。

つづく詩集としての『しらはえ』は、死を、風土のなかに置き、さらに深く見つめていった作品を、主要部分として編まれている。しらはえ（白南風）は、梅雨明けころに吹く南風をいうが、八重の詩集に、風土性そのものが表題として掲げられるのは初めてで、シマに根を下ろしてゆこうとする気構えが、おのずから出ている命名と窺える。その風土性に彼は、ひとの在りようをあぶりだす死生観から入ってゆこうとした。

巻頭の「嘆き村」は、いきなり「さあ　さあ／人を嚙みに行きましょう」と、読むものにショックをもたらす、食葬を描いた作品である。「祖母たちはお葬式にでかける際には／こんな言葉でさそいあった」、「帰りは笑いながら／あの人は年をとっていて／固くてとても食べられなかったねえ／冗談を言いつつ／いそいで頭から塩をまいた」、「アア　ファリンドゥ　ファリンドゥ／アア　ファリンドゥ　ファリンドゥ」、「棒をふりまわし鉈をふりかざし遺体のまわりを泣きさけぶ／これは／直系親族の悲しみの声／ああ／食べられてしまうねえ／ああ／食べられてしまうねえ」。

つぎに置かれた「聖餐」は、その食葬の相貌を、鮮やかに切り取っている。「翻る大旗のもと／赤い色の香奠を出す／その場で鋭く封が切られ／たかに応じて桝にアワモリが音をたててキッチリ盛られ／弔問者は一息にそれを干し／棺のかたわらへニジリ寄る／覆いをよけて顔を見る／棺の影からツイと出される／厚切りの肉の大皿／何枚も何枚も　味付けははしっこにもられた／三角の塩／合掌し　その手で塩をふり上の肉を二三枚食べ／いま一度顔をながめ／覆いをもどすいつのまに手元に出されている／クワズイモの葉　残らず肉をそれに包み深く拝して／あとずさり退出する」、「喪家は　死者の名誉にかけて／ただちに／大量の牛を殺した」。

八重のそれまでの詩を特徴づけていた観念性に代わり、なまなましさ＝具象性が、一気に立ち優ってきている。同時にそれは、人類史における死と葬送の風俗への透視であった。

それだけに、というべきか、つぎに置かれた「別れ」では、そのなまなましさが、具象性をもったまま観念性へ飛翔する。「時が近づきました／さあ　これから念入りに／今日の夕食をはじめましょう／このさかづきから飲んでください／チョットきついお酒ですが　ペッと／はかないでくださいね／これは私の血液です／どうぞとって食べてください／赤はげのねずみの肉とまちがえるほどですが／ぎゅっと噛んでみて下さい／これは私の真肉(マシシ)です」、「時は満ち／食事はおわり　お別れはすみました／さようなら　さようなら」、「あとはもう／突きさすわたしの茨の道を歩き続け　そしてしまいに／風をはらんだある形に／手をひろげ」、「ひからびていけばいいのです」。

　死の民俗を主題とする作品は、さらにつづく。

　その名も「生き仏」と題する詩は、カジマヤーを、いや正確にいえば、それに先立つ風習を主題としている。前書きにいう。「老人が九十七歳の高齢を迎えると風車(カジマヤー)と称して祝宴をはる。その前に当人が知らないうちにお葬式のまね事をする風習がある。必ずや新しいいのちに生まれ更(かわ)るようにとの祈りだというが……」。そして詠う。「南の空はもう光がきらきらしあたたかい陽ざしもふっている／ふすまの奥から縁がわへそっと人がしのびでる／あっという間に組立てられた白い祭壇　花が飾られ／すばやく灯明がともされる　いそいで香炉を壇に据え／お線香を一本だけつけ　あるじは座につき／ぎゅっと灰に香をたて　それを合図にいつのまにやらそこらじゅう／控えていた者らも手を合わせ深々とおじぎをする／もういいですよ　もういいですよ／もういいですよ　もういいですよ」。そのおじぎの向こうには、「うつらうつらいつまでもねむりのなかにうっとりほほける／老いの人／もういいですよ　もういいですよ／もういいですよ　もういいですよ」。生と死の融通無碍の死生観、という以上に、長寿を祝うカジマヤーが、いかにもやさしく、安楽な死への送り出しという意味をもっていることを、あからさまに告げている。

　それを受けて、死者の独白としての「死に仏」が配される。「あんなに祈られたせいではないがうつらうつらしているうちに／とうとうここへきてしまった／よるひるかわらぬ灰いろの気ぬけふぬけのいねむりをみんなやさしく／そうっとほうっておいてくれた　けれど／それにもかぎりがあって／わたしだってお祈りはしたよ　あれはもう祈るよりほかはない／ひっしのしきたり／ふと気がつくとかすかにただよう線香のにおい　花のあいだに／ぼんやり灯明がちらついてだれも言わない言葉がきこえる／ハローリ　ハローリ　ハローリ　ハローリ／ゆきなされ　ゆきなされ　ゆきなされ　ゆきなされ」、経てきた苦労の「段々」が思い起こされ、「思い出は身に残りその思い出の数々が／九十七歳の長寿の祝いに赤んぼにやるように持たされた／ひらひら風車(かざぐるま)にふっとかかって　かぜもないのに／ふるえる手の先／羽根をカタコト　色とりどりにくるくるまわる」。

　追い討ちをかけるように「道」で、とむらいが、死者の立場から写しだされる。「おとむらいのある家を　昔は／なんといったっけ／葬式家(ソーシキヤー)／荼毘家(ダビヤー)／人死にの家(ピトゥマーラシヤー)／いいえ　もっと昔は／日一日の道(ピィーピトゥイヌミツ)といったよ」、「ある日／ひっそり　わが身の／影のくらがりに／ポッと道がひらかれる／その日一日だけの道／前後にずらすことの不可能な道」、「つひにゆく道とはかねてききしかど……／ふわっと明るくとぼけつつ／人は道をたどりゆく／ゆくさきのないその道を／足がなくとも無い足をひきずり」。

八重のなかの死への執念はさらに、「散歩」におけるハブ、「亀」におけるカメ、「兆（しる）し」におけるニワトリと化したおじさん、「しみ込んだ女たちの涙が今もかなしいまま／赤い木となって生えてくる」という「伏流水」、「追われた人々の／悲しいすみか」を詠った「馬食（うまほ）い」、「やがて礼拝する人も／いなくなる」「廃屋」を詠った「屋根」とつづき、野末の墓に立ち戻り、幸少なかった娘の娘の娘をみまもる「老婆」の亡霊を描いた「しらはえ」、「祖母と冷たく争って／ズンズン海岸の方へ歩いていった　おかあさん」を主題とした「十三夜」、家々を数える単位としての「キブル」＝けむり（その所帯のあげるけむりによったという）から、風葬にされた死体を主人公に据え、「『死体』を数える時も／『イフ　キブル』？　生（なま）死体　風葬にされた岩場から／うす青い／むらがるうじ虫に食い破られて／さざ波のようにしずかにしずかに腐肉がとけて／日毎（ひごと）かすかにのぼりゆく／複雑な水蒸気　老人たちは手を胸に　その／こまかいつぶつぶをはてのはてまで見すかし見通し　それを／あの／なつかしい　魂（まぶい）／『けむり』と　よんでいた……」と展開する「けむり」とつづく。

「オン」は、「こんもり繁った森へ入ると／白い衣をはおった老婦人が二人何事かを祈っていた／場違いの侵入を詫び　去ろうとすると／　／かまいませぬ　かまいませぬ　ここはどなたが訪れてもいい／ところですから」に始まる、その老婦人の話から構成された作品である。「御報告していたのです　この御嶽に属する人がみまかり／それで　その人の経歴を告げ　こんどから／また／神になりますからどうぞ御受納くだされますように……」云々という、この地の人びとの死生観を映しだした美しい詩となっている。夫妻が数時間もさまよい歩いたすえ、辿りついたという（竹原さんのお話）川平のムルブシオン（群星御嶽）を場としているに違いないが、カメラを向けようとする衝動を一瞬すくませるたたずまいのこの御嶽に至って、八重の視線は、人びとの死生観の底を打ったという観がある。

　死というとき、記憶は戦争とくに沖縄戦へと直結しないではいられない。1「旅立ち」で引いた「私たちの先生には障害者が多かった」に始まり、「沖縄戦のなれの／はて／若い　痛い／無惨な障害者が私たちの先生だった」と結ばれる詩「先生」は、その先頭に置かれた。つづいて、「爆雷　抱え／戦車の下にもぐっていった」息子をもつ、気のふれた母親を描く「時や春」、「ぼうず頭に　あやうい小さな戦闘帽をかるくのせ」、「今日もまた／ゆらりゆらり浜辺の方へきえてゆく」「あいつ」の亡霊を描く「方角」、「轟音散華　一片の肉もとどめなかった」夫をもつ「おば」をえがく「直撃弾」、「墓の子／何かの隙まにあやうく守られ／墓の中で生れた赤子も今やとうに老いの始まり」と詠う「夢違え」、「戦争　侵略　むさぼり　侮辱　裏切り　切りすて　そそのかし／さんざん身勝手をし続けて　その罪咎をけっして／受けたくない者が喜悦のうちに罹患する」を詠った「宿痾」、「トーチカにするから／仏はみんな出ていくように」で始まり、「骨がつぎつぎつながって　起ち／あがり　ふらつきひょろつきひょろつきふらつき／カラカラの／光へむかって歩きだす」へ繋がる「沈黙」など、死の連鎖が展開される。

なんとはてしない死との格闘であろうかと、思わざるをえない。そのさまは、さまざまの死が、八重を脅かしたという以上に、八重のほうで、衝き動かされるように死をほじり出していったというほうが、当っていよう。それは、生きなおしに向けての、生への希求であった。それを彼は、死を脇に置いて、つまり生の次元に終始するだけで、済ませることができなかった。幼少時からの、死への深刻なこだわりが、その基盤にあってのことに違いない。が、冥界をさまよい、あるいはその各所を訪ね歩き、死の諸相を明らかにせずんばやまない気迫に満ちた詩業は、逆に、生きなおしへの衝迫がそれほどに、彼を縛りつけていたことを物語っていよう。

観念としての死をくぐりぬけての未来は見えてきただろうか。見えないままに、しかし歩き続けなければならないという、内心の葛藤は、この詩集の巻末近くに置いた作品「頂点」に、答えのない自問自答のかたちをとって、こう表白されている。「わたしたちはあるいていった／ゆく先のわからない／真夏の坂道／太陽は容赦なくつぶれた地面を蹂躙し／噴きあげる汗もヒリヒリかわいて／目もくらむ／白光世界」、「ゆく先はわからない／地図がない　地図の記憶さえもない／どうしてこんなところを歩いているのか」、「とつぜん全身をつきぬける／痛み／わたしたちのあらゆる内部がてらされる／わたしたちのあらゆる時間がてらされる／希望　意志　可能不可能そして絶望／挑戦　惑乱　失敗につぐ失敗　そしてまもなく失敗する未来」、「方向のきえた坂道の／頂点　声もなくたちつくす／頭上には／さらに透明に／爆発し続ける幾億年の／美しい白日」。

そしてようやく、明らかに八重山の島と海とが、〝約束〟の地として、八重の眼前に広がってくる。詩集の巻末に据えられた「化石」、「無垢」、「こえ」、「半島」、「まぼろし」などの作品は、そうした心象をうたいあげた作品群であるように見える。

そのうちの二、三を記せば、「化石」は、石垣が珊瑚礁の島であることを、無言の前提としてさまざまな化石の積み重ねの末に、「ほら　もう　しおさいが／なりだしました」、「はっきりと形ある生命はまだありませんが　これは言わば／いのちの原形　時間まるごとの化石です」と結ばれる。「半島」は、赤ようら（梯梧の花）に託して、「山の／みどりを／青空をしずかに掃いてしんとしずまる／赤ようら」、「かぜのおとがきこえてくるよ／しおのおとがきこえてくるよ／ひかりのおとがきこえてくるよ」とうたいあげている。

　そして巻末の「まぼろし」は、「まひるのうみはじょうはつし／からからのそこまでじょうはつし／かなしいほどにひろびろと　しおからい／すがたをあらわす　痛い／干瀬」と島と海の風光を視界に広げながら、つぎのように結ばれる。「ちりちりちり／ちり　はだ焦がすからいしおかぜになぶられながら／沖へ沖へ／どこまでも／炫（かがや）く青のまぼろし追って／するどいサンゴの／骨を踏みいつまでも歩きつづける　痛い／干瀬」。まぼろしを追って、痛い珊瑚を踏みながら、どこまでも歩き続けようとする詩人の独白＝覚悟が示されるに至る。

　八重洋一郎の、八重山再定住には、これだけの覚悟を不可避としたのである。

　この詩集の「あとがき」を、八重はこう書きおこしている。

> 比較するのも滑稽ではあるが、ダンテは人生の半ばに暗闇の森へと迷い込み、私は空、海、土地、風ともに限りなく澄明な「南」へと帰ってきた。

　そこには八重の、かつて「脱出」したふるさとへの帰還の決意が、ことば少なく、それだけに、言い切るという語調で述べられている。どれほど馴染んでいたのかは、わたしには定かでないとはいえ、三七年にわたる東京での暮らしは、彼の人生に、根を張るものとなっていたであろう。

また、詩人たちとのそれなりの交流も、できていたであろう。それらに別れを告げ、東京に残って仕事をつづけるという伴侶との別居に、踏みきっての帰郷であった。言い切っているこの短文に、退路を断つという気息が感じられる。そののち彼は、父祖伝来の屋敷に籠もる暮らしに入ってゆく。

なぜ、こうした決断に至ったか。その前提と意識する八重山びとの文化意識について、八重は、こう言葉を継いでいる。

そしてその美しい自然の中で、かつてわたしたちの祖先は直情的詠嘆以外何ものをも方法化できず意識化できず、伝えるべき記憶さえ形象化言語化できずに裸のままただ時間の中に流浪してきたのであった。

八重山の文化の特色として挙げられるのは、伊波普猷による〝発見〟以来、それを歌の国とすることにあった。暮らしに密着しつつ、多くの場合、苦難をうたいあげた歌謡＝民謡は、わたしのような外来者が文字化された文言をたどるだけでも、代替のきかない響きをもって、過去の人びとの心情と表情を訴えかけてくる。八重の場合、歴史とより合わさっているこうした歌謡への親しみは、その体内に深く埋めこまれていたであろう。彼自身における詩の発見、詩人としての自覚は、八重山の文化を負う者としての意識に、援けられたところがあるであろう。「わたししたちの祖先」という表現は、そんな意識を、言わず語らずのうちに表白している。

だが、そのようにみずからの根とする文化という意識がとぐろを巻いている以上、掛け替えのないその文化遺産が、「直情的詠嘆以外の何ものをも方法化できず」にあることが、おそらくまどろこしさをも伴って、八重をその強烈な否定者に駆りたてずにはいなかった。そういう状態を持続していることは、政治的には被抑圧者でありつづけた事実の文化的表現にほかならなかったからである。愛惜が深いほど、それら二重の意味をもって、そこに止まってはならぬとの意識を掻き立てずにはすまなかった。だから彼が帰郷を決意した、というまでの確信はないが、それまで「直情的詠嘆」の域に止まっていた（と少なくとも彼には意識されていた）歌に代表される八重山の文化に、つぎの次元を拓こう、その体質を覆そう、その否定的継承者になろうとの意志が、帰郷に当っての助走台になったことは、間違いないと思われる。

ではその転回を、どこから始めるべきか。いや、始めるに当って基盤とすべきものは何か。つぎのやや長い一文は、尾を引くように、その点についての思索を開示している。

しかし何ひとつ積み重ねることはできなかったとはいえ、この最果ての島々、小さなみじめな島々にも人間が生きてきたという事実、細々ながらもいのちが継続してきたという事実だけはあるのであって、世の価値観からすれば全くの「虚」としかかんがえられないそのような事実を事実としてみつめる以外、貧弱なわたしたちがわたしたちの生活を始める足がかりはないように思われる。

出発に当って八重は、「人間が生きてきた」＝「いのちが継続してきた」というもっとも基本的な「事実」を起点としようとする。現状の悲惨を克服するために、過去の栄光を記憶として呼び戻すのは、被抑圧者にとってほとんど普遍的な思考方法であるが、八重は逆に、どんな栄光とも無縁であったらしいその過去を、何の飾り付けもなくそのままにみつめることから出発しようとする。

伊波普猷の場合、琉球にとっては「古琉球」が、自己回復に当っての不抜の軸となった。意識してかしないでか、八重の場合は、「みじめさ」の凝視に徹する位置からでしか、出発はありえないとする。それこそが、被抑圧、あるいは言い替えれば服従、に終始してきた八重山を、そのまま認識する思考であり、それゆえに過去、あるいは言い方を変えれば歴史の、もっとも根底的なひっくり返しを内包する、ひょっとすると、もっとも〝ふてぶてしい〟思考の誕生というべき事件性を内包していた。こんな思索を、八重は、「わたしたち」という主語で語っている。彼のなかで、八重山の人間としてまた八重山の同胞とともにという意識が、醸成されてきていることを証している。そして、生き（てき）た痕跡を掘り起こそうとする。

風のように波のようにあとかたもなく消えていったわたしたちの記憶、たとえそれが砂粒ほどの頼りないものであったとしてもその記憶を探り出さねばならない。太陽に焼かれ潮風にさらされ白化したわたしたちの骨に何か刻みつけられてはいないか。

このことばには､死あるいは死者をつうじて人びとの生に迫ろうとする気構えが示されている。じっさい、『青雲母』から『夕方村』を経て『しらはえ』に至る詩業は、八重による拾いあげなくしては、消えうせてしまうような記憶や民俗を、呼び戻す役割をも担いつつ、死者たちとの対面また対話という面持ちをもち、読む者たちは、それによって、人びとの生の態様へと導かれるのである。

死から生への、また生から死への、その間の絶対的な障壁を軽々越えての、自在な往還であった。その作業に、帰郷後の数年が費やされたことは、上記につづけての、「わが記憶の地獄めぐりのなんという明るさであったこと、そしてその明るさがなんという暗さであったこと。私は帰郷しての数年この『明るい闇路』とでもいうような二重空間を放浪し続けてきたのであった」と、やや吐息のようなものをもって語られている。

「明るい闇路」という場合、その明るさが、陽光が白く光りさえする八重山の、みずからを包む環境を指し、闇路が、人びとを抑えつづけてきた歴史を指すであろうことは、八重の最初の詩集

『素描』の「あとがき」に、すでに、「南海の明るい風景と苛酷無惨な歴史の重圧の中で生れ育った私」とあった点からも、たやすく推測されうる。それは、彼にとっての原点であるとともに、持続するこだわりの核心であった。だが、帰郷してからの、「記憶の地獄めぐり」を経て、このシェーマへの向きあい方の角度が変ったとみてとれる。つづく彼の独白は、そのことをあらわにする。

> 何が闇路か、端的に言ってそれは歴史である。歴史という圧搾装置にかけられた無力な幼児のはかない悲鳴。だが私は私が聴いたその悲鳴については何も言うまい、何も語るまい。言葉にすればそれは必ず言い足らず、しかも私の思いをことごとくはずれてしまうだろう。

歴史を闇路とする認識は、いささかも揺るがないものの、八重は、もはやその域には止まらない。歴史によって抑圧され否定されてきた存在としての、慷慨に全身を浸すことはない。逆に、そんな歴史を超えるものへ向かおうとする。つづくくだりは、さながらそんな宣言をなすとの趣きがある。

> 私はもっと確実にもっとポジティブに歴史に拮抗し得るもの、いや歴史を超えることさえで

きるものを求めよう。人間が生きているという単純な事実、誰も否定できないその事実に由来するものを求めよう。そしてそれはいかにも逆説的になるのだが、それはわれわれ島人が先祖代々何も言わずに徹底的に無能力なままあわれな日々の生活によって織りなしてきた虚無とも言うべき〝明るさ〟である。〝切なさ〟である。〝清らかさ〟である。

八重は、歴史の底に降りていって、あらゆる「圧搾装置」の作動にもかかわらず、その底に、「人間が生きているという単純な事実」に突き当たり、あるいは、それを〝発見〟し、その事実を不抜の基点として、「歴史に拮抗」いや「歴史を超え」ようとするに至るのである。

伊波普猷の紹介によってひろく知られるようになった「久場山越路節」にせよ、「やくぢゃま節」にせよ、悲哀の吐露が、基調をなしている、という以上に、全面に溢れでている。八重山びととして八重は、(具体的に語ることはないものの)、もとよりこれらの歌謡を、久しく精神の糧としてきたことであろう。それゆえに彼は、その心性に(おそらく)深く魅了されながらも、その域に留まっては、それまでの屈従の境涯を脱却できないと、歴史=過去に、一貫して否定的言辞を重ねてきたのであった。

だが、ここではもはやそうではない。八重山びとの営為を、悲哀の吐露とするならば、それの丸ごとの否定を目ざすのでなく、悲哀の吐露の中に入りこみ、それを掬いあげるかたちで歴史を超えることを目ざす心象が結晶しつつある。吐露するということ自体が、「生きている」ということの「誰も否定できないその事実」をなすからである。彼が、島人の「徹底的に無能力なままあわれな日々の生活」というとき、その口調には、腹立たしさとか自虐性とか否定性とかでなく、逆に、無力であったからこそいとおしさに耐えられぬという気持ちと、だからこそ、そこに立脚するとき初めて、過去の総否定への途が拓けるという確信が語られている。そこから出発しようとの決意であった。

それは、八重にとって自己転回であり、そうした自己転回なくしての対象の転回、つまり歴史を逆転させることはありえないという認識の生誕でもあった。その場合、転回に当って八重山の風光とそのなかで営まれる人びとの生（についての彼の想念）が、揺るがぬ機軸となっていたことは、末尾の一文に紛れもなく示されている。

帰郷以降の八重の数年は、こうした転回と〝発見〟に費やされたことになる。その結果として彼は、この「あとがき」を、みずからの課題の定置＝使命の発見として、つぎのように晴れ晴れと結んだ。

その〝明るさ〟〝切なさ〟〝清らかさ〟に言葉と韻律を与えること、その〝虚無〟を思想的論理的に方法化すること、これが私の課題であった。

七　「新しい文法をつかみだせ」

『白い声』（澪標、二〇一〇年）と『沖縄料理考』（出版舎Mugen、二〇一二年）は、この課題を追求していって生み出された詩集と思われる。

『白い声』でモチーフとされているのは、歴史の重圧の中で営まれてきた島の人びとの生である。「あとがき」にいう。

「歴史の重圧に踏み躙られ苛なまれ続けてきた者にとって『生』は実は何であるかとの問いは常に絶対的で熾烈である」、「死ぬときにはすべてをわかって死にたい。いのちの意味を、時間の意味を、宇宙の意味を、存在そのものの意味を、あるいはそれぞれのその無意味を！」、「しかし、このようなギリギリの宿願を持つ一人一人のいのちを情け容赦なくたたき潰してきたのが歴史なのである。変転極まりない奇怪な面貌をとってあとからあとから覆い被さってくる歴史。いかなる歴史をも合理化せず正当化せず、いかなる事実をも合理化せず正当化せず、あらゆる価値、あらゆる神話を解剖し、個々それぞれの生命の様態をすべて裸かにし、在るがままを在るがままに感受し、この存在という虚無をある行方（ゆくえ）定かならぬ方向への弾機（バネ）とすること、言うならば私の『賭け』はそこにしかないであろう」。

八重にとって、歴史が、「苛酷無惨」でしかないことは、最初の詩集『素描』以来、繰り返すも忌まわしいながら、自明の事実であった。その認識は、この場合も変らない。とはいえ、ここには、歴史にたいする呪詛・弾劾に終始する域を超え、その重圧に踏み躙られてきた存在として、そうした歴史に「生」を対置しようとする気構えが、くっきり現れている。その意味で、歴史は「生」から問われる存在となった。

もとより、いきなり「生」によって否定されてしまう存在となったのではない。あとからあとから覆い被さってくる歴史の地表に、「生」がぽっかり芽を出した、というほうが正鵠を射ているだろう。それでも、新しい事態が芽吹いた。それを手がかりに、事態を、まだ行方は定かでないままに、まさに、「行方定かならぬ方向への弾機とすること」に、八重の認識は動いたのである。「私の『賭け』はそこにしかないであろう」という一文に、退路を断ってという彼の覚悟が示されている。「意味と無意味の変換、あるいは無意味と意味の変換。賭け。本詩集はその賭けをめぐる私の逡巡、懐疑、妄想、迷走である。『瞑想』と言いたいのであるが」という、「あとがき」

の結びの一文に、まさに胎動を感じとりつつある彼の、精神的境位が露出している。「生」の名において、人びとが立ち上がってきたともいえる。とくに女たちのすがたが。

この詩集をよむとき、まず迫ってくるのは、暮らしの次元における人びと、ことに女性の登場である。

「恋女房は機織女／家の東に苧麻をうえ／家の西に藍をうえ／屋敷深く家深くふところ深く血交いにまもられ／いちにちはたらき　いちにち／つかれ」、「『森羅万象は藍より出でて……』」（「いまはむかし」）。

「そとにはあんなにみどりのいのちがあふれているのに／緑の染料ってないんです／（中略）／藍と黄はだを重ねたり／槐と藍を重ねたり／藍草とさまざまな黄の染料　黄と青のその／重ねぐあいから／いろをつくるほかないのです／自然はなかなか……けれどそれが／おもしろく」、「おんなと　おとこみたいな／もの／ですわ」（「熱中」）。

「見せものにされるの？　わたしは！」、「国王の所望であるならば　わたしは／生き恥をさらさなければならないの？／畜生と同じく　たしかにわたしには／かなしい／乳房が四ツある　けれどもこれまで／なんのさしさわりもなくけんめいに布を織り／子供をそだて／あなたと楽しく生

きてきた　村の人たちだって／なんにも言わずに　ただ／やさしくしてくれた」、「いやです　けれど／あなたはぎゅうぎゅうしばられ／わたしは船に乗せられる」、「もう一度　青い銀河を織りましょう　その中へ／あなたとわたし　子どもたち二人　星を四つ／織り込みましょう」（「伝説」）。

「若い娘や母や老祖母　幾世代の女たちに紡（つむ）がれ織られ受け継がれてきた／苧着物（ブーキン）　芭蕉着物（バショウキン）」、「月桃の繊維で漉かれた　あの紙／さとうきびのしぼりかすで漉かれた　この紙」、「これらはすべてしめったようなかわいたようなおだやかなベージュ色／生きるためのきびしさをのこりなく深くうけ入れその底で／すこしずつすこしずつにじみでてきた／涙いろ」、「けれど　いったん／真上から南の灼けつく苦太陽（んがてぃだ）がふりはじめると　それらは／かろうじてギリギリに残していたベージュ色さえすてさって／それぞれの奥の奥に圧（ひし）がれていた熱い沈黙がふるえだしそのまん中の秘密から／垂直に激烈に／すべてをつき刺しほろぼすようなレーザー光線が立ち／あがる／まがることができない／その色」、「自然もろとも記憶となったその痛い悲しみが！」（「レーザー光線」）。

「小さな島のそのまた半島　村は幾たびも激しい危機に瀕してきたがさまざまな供物の功徳（くどく）でかろうじて幾百年を閲してきている」との前書きをもつ「籤（くじ）」は、島が存続してゆくための人身御供選定の場を、緊迫の臨場感をもって写しだす。「自然や歴史の思いがけない気まぐれに／（いや　まさしくその必然に）／嶽でさえ悶え苦しむ　嶽でさえ慄えおののく／祈れ祈れ　人々よ／あなたたちが祈らなければわたしはやせはてかわきはて　ふもとから／てっぺんまで一網打尽に涸れはてる／（中略）／『まっ白い祈りのおとめを厳しく定めよ』／こんもりゆるく影ゆれる掃ききよめられた小さなにわに　念入りに／もれなくあつめられたおとめたち」、「さらさらさらさら／（せかされ　せかされ）／血の気うせ」、「怖ず怖ず／と／ひとりひとり前に進みていねいに折りたたまれた紙包みを引き／みんなの眼の前でそれを／ひらく／やがてだれかのほっそりながいゆびさきに／ひっそりあわくそめられた／ひとつぶのつましい紅米がひらかれる」。

祈りの光景は、「やま入り」にも詠われている。「むすめはまはだか　激しく生い繁る／禁域のまむかい／大きくひろく手をひろげ　御嶽の奥へ／視線をつきさす／呼吸をのみ　時を／とめ」、「ひらひら／ひらひら／すべてをひかりでおおいつくし／はてない空の大きさのまっ白い蝶が降りてきた／ひらりとむすめは蝶の変じた白衣をまとい　袂ふり　きりっと確かめ／第一歩　樹陰へ鬱林へ歩き出す／闇へ暗緑へ歩き出す」、「ごうごうと嶽が鳴り　はや／すでに／森羅万象となったまっ白い／おとめ　どす黒い山ふところからむきをかえこちらへむかい／月のように風のように／人々をみつめ　村々をながめ／穏やかに緩やかに深々と／掌を合わせる」。

などと、この詩集の特にその前半には、労働から神事にわたり、情景を切り取るかたちで、女たちの生が頻出する。

それればかりではない。作品「白い声」では、廃村を主題とすることによって、過去の声を聴き取ろうとする。廃村は、八重山の人びとにとって、琉球王国時代の強制移住によるマラリア禍の結果として、身近に想起される現実であった。

いきはての島のはて　今は牧場となっている
廃村のあとを訪ねる　降りしきる梅雨(つゆ)の雨
あまりにも人里と隔絶し人を見たことがない
牛が穴のあくほど私をみつめ私の移動につれ
て百八十度首をまわす　近づいていくと迷惑
そうにノロノロと道をあける　実は道などあ
りはしない　あちこちに垂れながされた黒褐
色の牛糞が崩れた円盤となって無数にちらば

り　そのかすかに波紋をのせた厚みのある牛
の糞（ふん）から白いほそい丈たかいキノコがすらり
と二本三本伸びている　尖端にはまるい白磁
の茶わんをふせたようなおおきなカサだ

（中略）

やがて村の石積みがあらわれ　石と石でふち
どられた道あとがあらわれ　屋敷囲いのあと
があらわれ　カマドとおぼしき黒く焼けた石
組みがあらわれ　そして低い石垣をめぐらし
た小さなひろばがあらわれる　それは村御嶽（ムラオン）
の跡である

（中略）

人は何がゆえにこんな地のはてで死ぬことも
ならず生きていたのであろう
わけもわからずいのちに課された生きるとい

う重圧に耐え　御嶽(オン)をつくりクバを植えただ
ひたすら待っていたのか　神の集いを神の遊
びを神の泉を　ひくくひくく神言(カンフッ)を呪しなが
ら時には声高くさけびながら
（中略）
南の島のいきはてのはてのはて　いつかこの
地に神の声がきこえるだろうか（後略）

死者の声も甦らされた。「天をつく大岩のかげには死者の霊が／生きている／かげを吸い（闇）をすい湿りけをすい／ひしひしと／苦しいいのちを吐きながら／（カマで首を切られた／一瞬／びっしり生えた苔のあいだに羊歯(しだ)のあいだに」（「仮面」）。

樹も擬人化された。「鬱蒼と　樹齢何百年を閲(けみ)したか／赤木よ／その黒みがかった茶褐色の樹幹のなかで／天の中心が稲妻となってなだれ落ち　地の火のマグマが／噴きあげて激しく合(がっ)しけれど／自らが何であるかを知らないお前は／おだやかに／ひろく大きく枝条(しじょう)をひろげ／葉っぱを繁らせ影を織りなし　坂の中ほど／ひっそりとたっている　だがしかし／人の世の身を抉る

心労　かなしみは　乳汁のように／ゆっくりと人を育てる　皮にしみ出る／焼傷の痕　（傷にしみ入る／火の涙）　さらに／また／樹齢を重ね　歳月かさね」（「古樹――皮も芯も灼けながら――」）。

八重山における生の在りようが、深い慈しみをもって詠いこまれている。意外と思われるかもしれないが、これは、八重洋一郎における人びとの〝発見〟であった。もちろんそれまでも彼は、歴史の重圧を、それへの批判ないし呪詛を込めて、ことばにしてきた。また、そのなかでの生への加重の酷薄さを、概念として指弾してきた。とはいえ、それと摺りあわせるかたちでの、具体的に人びとの生の在りようには、父祖たちの場合をのぞいて、言及することは少なかった。

だが、ここでは異なっている。人びとの生の、その苛酷な運命ににじり寄って、多くは悲しみの発露としてのその声に耳をすませ、それをともに受け止めようとする心情が醸しだされている。それによって人びとの存在は、八重にとって、いのちの観念を軸としつつ内在化されたものとなった。

そのことは、八重の、地域としての八重山ないし石垣を視る眼の変化にも窺われる。青い海、青い空、白い砂あるいは濃厚な塩気など、これまでの彼のふるさと観に替わって、ないし、それとともに、登場してくるふるさとは、働く場・祈る場・廃村など人びとの足跡の動かしがたい空間であり、その点にも彼が、概念性から具体性へと舵を切りつつあったことが示されている。

すでに引いたように、八重は「あとがき」を、「個々それぞれの生命の様態をすべて裸かにし、在るがままを在るがままに感受し」、それを「ある行方(ゆくえ)定かならぬ方向への弾機(バネ)とすること」を、「私の『賭け』」とし、「本詩集はその賭けをめぐる私の逡巡、懐疑、妄想、迷走」と結んでいる。わたしは、そのとおりだと思う。この詩集において彼は、それまでの観念過剰ともいえる詩風から、少なくとも半歩踏み出し、「個々それぞれの生命」を、つぶさに語る域を開いた。

苛酷な運命に曝されてきた人びとの内面に分け入ろうとし、しかしその方向はまだ判然とせず、それでも「行方定まらぬ」ままに、踏みだそうとする、その決意を「賭け」と表現したものであろう。自身の回転軸をぎりぎりと回すような、そういう転換に不可避な内面の葛藤を、「逡巡、懐疑、妄想、迷走」と表現したものと思われる。しかし、そう表現したことで、彼は、転換前に立ち戻ったのではなく、転換後の地点に立っていることを、自他に表明したのである。

それは、重圧としての歴史に、人びとの生を対置する視野の定立を意味した。獲得されてきたそんな視野を、「円錐尖点詩論」と題した詩において、八重はみずからへの鼓舞を込めてだろうか、「新しい文法をつかみだせ　新しい構文をつくりだせ　これが詩の／誕生(ことば)だ」といっている。

「新しい文法をつかみだ」そうとする苦闘は、「生きる」あるいは「いのち」の意識を軸に、さまざまな方面への観念の飛翔をもたらしていったようである。

「よぶ」は、死者たちの声が浮かび上がってくる情景を写しだしている。断崖の上に並んだ女たちの、「オーリヨー（来てくだされ）」の呼ぶ声に、「何千年の地層の底から」、「何かを少しずつ」落しながら、「あおむけにねている何ひとつ欠損のないまっさらな白骨が少しずつ／少しずつ／浮いて／くる」。そして「むっくりと頭を／起し／生きるという『時』の／不可解」を伝えようとする。「偶然と世界　人の構造と／歴史の闇に／拉がれ絞められすりつぶされた／はかない声をとりもどそうと　そしてふりつむ地の底の底のない／そのかなしみ　の／ぶざまにひかるすがたをとどけようと／ことば　ではない／ことばをふるえをつたえようと／さらさら　さらさらさらさら　さらさら／しずかに／しずかに」。詩人は、鎮魂の想いをもって、死者たちからの声に耳を澄ませようとしている。

逆に「律」では、「いのち」と宇宙の交信を捉えようとする。「何億年後には星座はみんな崩れはてるが／――運動があり　距離があり　次元さまよう惑乱がある――けれど／すべての風景は一点で交わりすべての音は一点で共鳴し／あらゆる声は一点で調和する／いのちを超えた『在る』

ことの一点　物となった『在る』ことの／一点　それはただ　ただ『一点』で／始点　極点　終点だ／この一点が持続するための　この一点が持続していることの／変幻自在の妙なるリズム生きものとしての私たちの眼には見えないが／生きものとしての私たちの感覚には捉えることができないが／耳の平衡石のように／生きている事実としてのわたしたちのどまん中に　そして／あらゆる宙と宇のどまん中に　確かにうねっている」。宇宙のリズムのなかにある「いのち」へのいとおしさ溢れる想いが吐露されていよう。

　そのように、「いのち」の調べを写しだそうとするこころみが、この詩集を、八重の作品中でももっともリズミカルな、音楽性の濃いものにしたように思われる。

　それだけに、「いのち」への加害、いやあれほどの加害を遂行させたにもかかわらずみずからを免責する心象には、卑劣さへの憎しみを露出させ、言葉をつくして弾劾せざるをえない。『白い声』と題された詩集にただ一篇「黒い声」として置かれた作品は、そんな存在を断罪している。

「それは石よりも固い冷酷非情の顔の下からつぶやかれた／仮面ではないその顔は口の中にぬらぬらと真っ赤な舌を含んでいるのだ／二枚　三枚　四枚……と／三千年の連綿たる遺伝の後に今　極まる／この発語！」、「自らは一切の倫理の負荷からまやかし逃れ　穴深く埋めかくした／

重い血腥い歴史の奥で／ひたすら／主語のない『己（おのれ）』という底知れぬ魔性に溺れる」。

八重は、現実を〝裏返す〟ような、象徴性を帯びることばを創り出すことに、詩人としてのみずからを賭けてきたようなところがある。彼にあっては、現実あるいは心象は、けっしてナマのまま、〝素直に〟、すがたを現すことはなく、ことばは、異次元から繰り出されるのを常としてきた。この詩にあっても、そうした志向が貫かれようとしたことは、見てとれる。しかしこの主題に向かうとき、激情がしばしばそれを乗り越え、ナマのままのことばの噴射に至っているような印象を受ける。散文で断定調として定番の「のだ」が、この詩集では唯一用いられていることも、そうした印象をつよめる。それだけ彼の詩的リズムにおける呼吸＝いのちの危機感は切迫度を増し、急速にナマの感情を露出するに至るというべきか。

詩集『白い声』は、表題にふさわしく、倉本修による、まばゆいばかりに白を基調とした装丁の本である。表題とした詩「白い声」は、廃村を訪ねて、その淋しさのなかに、「神の声」を聴きとろうとした作品である。八重はそのなかに一点、「黒い声」を潜りこませた。それだけに、「いのち」を根絶やしにしようとして恥じない「黒い声」の冷酷さが、きわだつのである。わたしは時おり、（そんな独断が間違っていると承知しながらも、）八重が、この詩を入れるがために、『白い声』と題する詩集を編んだのでは、と妄想する。ただ、「新しい文法をつかみだせ」というさいの「新しい文法」には、「黒い声」も念頭にあったとは、いえるような気がする。

のちに八重は、詩「山桜」で、昭和天皇のいわゆる「天皇メッセージ」を、「日毒」の象徴として弾劾するが、「新しい文法」の創出を含めて、そのような作品への第一歩が、踏み出されたといってよいかもしれない。個々の「いのち」が表情をもって、詩人の念頭を占めてゆくとき、それに対置されるべき存在として天皇が浮かび上がるのは、歴史における必然であった。

つづく『沖縄料理考』(出版舎Mugen、二〇一二年)は、何か解き放たれたような、八重にしては軽妙な詩集である。そこには、沖縄料理への愛情を基底に、懐かしさの込められていることはもとよりとして、それ以上に、自己批評を含めての、風刺がふんだんに盛りつけられている。わたしには、『白い声』における個々の「いのち」への開眼、人びとの〝発見〟があって開けた詩境の、結実かとも思われる。

表題に「沖縄」を入れた唯一の詩集ともなっている。考えてみれば八重は、沖縄戦を初めとして「沖縄」を十分に意識しつつも、書名はもとよりとしてそれぞれの作品にも、表題として「沖縄」の二文字を使うことはなかった。そこには、「沖縄」ということばを発するとき、否応なく染め上げられる〝了解〟感への忌避ばかりでなく、八重山に出自をもつ人間としての、

「沖縄」への距離感も含まれていたであろう。とすれば、ひょっとすると、彼のうちに、「沖縄」を解禁する何かが起きたのかもしれない。

「あとがき」に、この詩集のモチーフが、簡潔に語られている。「いのちについて考えているうちにあまりにも当然のことながら『食』の事にたどりついた」、「『食』がすべての人間、いやすべての生物にとって根源的な営みである以上、その風景を探っていけばその土地土地の最も特徴的な姿を捉えることができるのではないか、しかもそれは普遍性を備えているのではないかと思うようになった。その手始めに生まれついた郷土の事情について綴ってみたのがこの詩集である」。そこに、「スナップ写真でも眺めるように気楽に」とのことばを添えている。『白い声』が人びとの生を主題としていたとすれば、『沖縄料理考』は、土地の体臭のようなものを感じさせる。

思わず幾篇も引きたくなるが、食欲を抑えてほんの四、五篇とすると、「チラガー」で詠う。「チラガー／それは豚の頭の顔の部分をゆっくりと丁寧にはがしてタンパク質だけの／仮面にしたもの／もちろんそれは立派な／食材／文字通り／面（ツラ）の皮（カワ）／面皮（チラガー）」、「人間の面皮（チラガー）はおよそ食べられたものではない／関係に汚れ　時間に燻（いぶ）され／厚くても薄くても／（いずれ劣らぬ）／鉄面皮」。

「アシティビチ」に詠う。「なんというおいしさよ／やめられないよ　クセになる　アワモリ飲んで／豚足（アシティビチ）　食べて　そして／しまいに／（足の親指）／灼けつく痛風／尿酸たっぷり　赤々と

関節は腫れ　豚のうらみは／激烈／激烈」。

「ラフテー」に詠う。「垂れ下った／金持ちのほっぺた／顔の中まで／資本　利子　搾取の三枚肉が層をなし／赤い欲望にテラテラひかる／煮ても焼いても食えない／食べもの／豚の名誉にかけて言うが／ほんとのラフテーは実に美味」。

「舌」に詠う。「何の舌が一番うまいか／豚舌？／牛舌だろう／人舌だよ／動物の舌は食べる味わう　舐めるぐらいが関の山だが／人舌はその上　シャベルという粋な労働をひきうけているからな／政治家の舌だよ／何枚もあるし……味は／どうかな」。

「味噌」に詠う。「女たちのあらゆる思いを込められて裏の座敷にねむるもの／黄色く黄色く発酵し　麹で／耳が黄色くなるほど／米の味噌／深い／品格高い濃厚なその味は　舌　のど　食道はらわた／私たちの全身を熱熱ととろっと温めじんわりととろっと養い／もう一度　沃土へかえっていくようだ／祈願／いのちを入れかえる／節目節目に　なつかしい南の島のかおりたつ／黄金味噌汁」。

「食」を通して、沖縄あるいは八重山が、すっくと立ち上がった感をもたらす。そこにはもはや、歴史に圧し拉がれたすがたはない。

八　いのちの連鎖

——歓喜と憤怒——

それは、八重洋一郎における人びとの〝発見〟であった。「民衆」の、といってもいいし、「島人」という呼称が、もっともふさわしいというべきかもしれない。『木漏陽日蝕』（土曜美術社出版販売、二〇一四年）は、そういう新境地の結晶として編まれた、とわたしには思われる。

「あとがき」にいう。「考えてみれば、歴史のどん底で生きてきた人たちは現実の厳しさや理不尽さに埋もれながらも深い鋭い数々の歌をうたってきた。それによって人々は現実とは全く異なった位相において生命（いのち）の意味に触れ、生きる喜びを味わってきたのだ。そしてそれは現実への徹底的批判の源泉ともなる」、「この詩集は、言わばかつて人々がうたった数々のその歌に倣いたいとの私の切なる試みである」。

八重がこれまで注視してきたのは、歴史の重圧に呻吟する人びと、歴史の底に沈んでもがく人びとのすがたであった。ここでも、「歴史のどん底で生きてきた人たち」の主題化は変わらない。

しかし、そうした人びとを視る角度は、まるで変わっている。嘆きしか詠わないとされた人びとは、ここでは、そのうたに、そうした人びとならではの「いのち」の賛歌、「生きる喜び」を込めてきた存在と意識されるようになった。ばかりでなく、八重はそれらの歌を、「現実への徹底的批判」とする視角さえ打ち出し、「数々のその歌に倣いたい」とするのであった。

逆説的にいえば、そう意識することで、かえって八重は、悲痛の告白に終始してきた観のある八重山歌謡の枠を、打ち破る詩境を具体化することになる、といってよい。「倣いたい」との気持ちの芽ばえ＝八重山歌謡の歌境の内在化によって、逆に、自身で意識するみずからの位置を、八重山のうたの、その先への継承者あるいは開拓者へと高めたのである。

歓喜の表情は、石垣島で、二万年前の人骨が発見されたことを詠った巻頭の詩「通信」に爆発している。八重は、

石垣島の白保・竿根田原(さおねたばる)に埋まっていた頭蓋骨は
二万年前の人骨だという
歴史(とき)のはて　列島(ち)の果てからの何という大発見
この小さな島の頼りない海岸線の泥土まじりの洞穴のなかで

いったい　どんな暮らしがあったのだろう
何をよすがに日々をすごしていたのだろう
（中略）
今　その骨と頭蓋骨が発見され
「わたしたちは二万年前　この地に
さびしく生きていたのだよ」とメッセージが寄せられる
（中略）
歴史のはて　列島の果てからの　はるかな
白い呼び声が
切ないいのちの連続性が　深々と身にしみわたる

と詠い、自分がいまここに在ることの意味＝「いのちの連続性」が確かめられたような歓喜を、手放しで表明している。

そればかりでなく、「骨」でも、その感動は更新された。

二万年前！　一〇〇〇世代も昔の人々の声のひびきが　ガイコツたちの声のひびきがいつもいつも私の耳には鳴っていたのだ
私の知らないうちに　私の主観とは全く関係なく　一〇〇〇世代続くあの人たちの呼びかけが　あのガイコツたちのささやきが私の耳の奥深くサラサラサラサラ流れていたのだ　サヤサヤサヤサヤ　鳴っていたのだ

発掘が続行され、「石垣島には二万八千年前から人が住み　洞穴は約一万五千年間／人間が使用した可能性がある」との結果が、明らかになったのを受けて、感動はさらに深まり、その人びとの生の在りようが照らしだす文明論に至る。「解明」で詠う。

今年は西暦二〇一三年だから　一万五千年という歳月が途方もないものであることがよくわかる　その間ずっとその洞穴で人間が生きていた―それにはやはり何か特別の生きる仕組が
そうだ　必ずやその生きる仕組があったのだ　さればこそここ

にその遺跡が出現

まずそれは現代の人類の生き方とは全く反対であっただろう
他を支配しようとしたり　欲望を追い富をただ貪り続けようと
する生活が一万年も持つわけはない

この先人たちは敏感で注意深く観察に長け　数理に強く　己れ
の置かれた位置　環境を徹底的に熟知し　それに合わせて自ら
を統御し良く自制し　そして生きている純粋な喜びを日々こま
やかに感受していたにちがいない
現代の言葉に表現すれば　平和　慈しみ　智慧　清浄　そして
いのちの自覚　この軽視されつつある言葉の実質に満ち満ちて
いたのだ

発見された人骨を借りて、「いのちの自覚」を軸としつつ、状況を撃つ八重の口調はきびしく、この先人たちを軸として、文明を見返そうとする。文明の現在への徹底的な対決、文明の組み換えへの展望という口吻さえある。そこでは「いのち」は、浄化されている。そして結びでは、人骨が、八重に乗り移って語るのである。

ほら　二万六千年前の土塊の中から出てきた骨の欠片でしかない
わたしが　今　あなたの生身の心に何かをつたえているではないか　あなたをこんなにふるわせているではないか

こうしたいのちの連鎖の意識は、「それは」に典型的に詠いこめられている。この詩は、中学一年生のときの、祖母なるひとの臨終の光景を、何十年かのちに作品化したとのよしであるが、この世への遺言でなく、亡くなるひとがあの世への伝言をもってゆくという「言遣り（いやり）」に、八重山びとの死生観がまざまざと浮かびあがり、詩人が志向した〝明るさ〟〝切なさ〟〝清らかさ〟の極致とは、こういうものであったかと思わせられる。部分を引く。

洗いきよめられたしずけさだけをのこして

うずくまるように身をかがめるようにやわらかに
うずをまき
(だれだれには何ていうの)
(かれかれには何ていうの)
とぎれとぎれになんどもなんどもくりかえす
今わの際の
老いの声
わずかにわずかに頭を左右にふりながら
のぞき込むあたりのみんなをみまわしながら
(わかった　わかった　そういうよ)
(わかった　わかった　必ずつたえる)
(あなたは何とつたえるの)
(そしてあなたは何という)
(さあ　わたしは舟よ　声をかけ　どんどんつんで)
(あの言葉も　この言葉も

あの言遣りも　この言遣りも　おもいのたけを
この舟につんで）
（これはわたしのおみやげよ）
老女は美しい舟となり美しい言葉をいっぱいつんで
（さあ　銀河のお出迎え）
（さあ　銀河のお出迎え）
ふねが出る　ふねが出る　うずまきはゆるくおだやかに
とけはじめ　時は
とけ
（さあ　銀河のお出迎え）
（さよなら　さよなら）
からだも思いもことばもこえもすべてはとけてのこされた
やさしいしずけさもとけはてて　やがて
いのちは人型のひらたくうすびかる物質となる
（中略）

宙のはて　今はもう見えなくなった
美しい舟をうかべて　ぼおうっとつめたくひかりながら
深い深い銀河がながれる（『イリプス』Ⅱnd　８号、２０１１年11月、の改作）

そういう生命観をもつ島人たちの〝やさしさ〟は、「盆ミサ」に活写されている。八〇歳近いS女は、脳梗塞で倒れ、施設で車椅子生活を送っている。その彼女を慰めようと集った人たちに、エリザベスという洗礼名をもつS女は、「教会へ行きたい」と希望をのべる。皆はこれぞとばかり準備して、幾日かのち、介護タクシーを頼み、教会へ向かう。

「Sさん!」「ひさしぶり」「よくぞいらっしゃいましたねえ
…」昔の仲間たちが掛けてくれる言葉をひとつひとつ読唇し
それぞれの声に深く目礼　今日はこの南の島では旧暦でのお盆
の日　皆いそがしい時間をやりくりし　特設〝盆ミサ〟に集ま
ったのだ　私たちはクリスチャン　けれど「先祖供養　お盆は
必ずしなければならない」島特有の習俗のあふれる思いが生み

出したやむにやまれぬ倹(つま)しい要請　そして教会側の柔らかい大らかな受容

「わたしの肉はまことの食べ物…」
「わたしの血はまことの飲み物…」

S女は心ゆくまでミサを感受し　救世主の血と肉を味わい　慈しみを身体(からだ)いっぱいしみ込ませ　晴ればれと帰還する

八重には、歴史に圧し拉がれていたとのみ認識されていた島人たちが、いのちの観念を軸に生きる主体として立ち上がってきたのである。それは逆に、(それまでのように、ただ苦難に沈む存在としてではなく)人びとの悲しみが、彼を貫いてくる過程でもあった。そんな過程が、八重と島人との、彼の想定する精神の交歓として、長詩「うらら」のなかに五首の短歌として挟みこまれている。

ひとりゆく南の果ての珊瑚道小暗き御嶽（おん）へわれを導く
暗さゆえ明るさもまた強からむ歴史の底のわが島人よ
祈りすて願ひをすてて今はただただ舞ひ狂ふ白き神人（カンピトゥ）
白砂に木漏陽涼しくそそぎいて島の悲しみわれを貫く
さらさらと葉裏響きの鈴の音にあふれ零れる慈しみ哉

こうした想いは、収められた幾篇もの作品から、さまざまな光景の切り取り＝物語の造出として、かたちを変えつつ噴き上げてくる。

「息吹き」は、海の底からの語りかけとして、歴史の底に沈んだ人びとを甦らせる。「歴史の中で人たちは　たった一息／波をあげ涙をこぼし　それっきりふかぶかと／歴史の海へと沈んでいって　沈んでいって／もう一つの歴史がその上に重ねられ　そしてもう一つの／歴史が重ねられ／重ねられ／その圧縮に圧縮された激しい重みで歴史は固い沈黙の海／海はまるごと沈黙化石」、「むだに流れていく時間／むだに生まれてくるいのち　さまざまに哀れをさらし／あれこれとただ生きて　ただ死んで」。そのうえに蜃気楼が重なったりもするが、「やがてほんとの海に波がたち　重ねられた／海がきえる／しら波　しら波　その底でにぶくうずまく潮の音」、「みんなほんとの海となってその深い底の底から／イルカやマンボオ／マンタやクジラ」、「いいえ　細い細い声となって／あなたが／あなたの心の海を／青々ときらきらとこんなにみごとに吹きあげて…／ふきあげて…」。

「鏡」は、八重が子ども時代、「陰気な暗い女部屋」で、ひそかに手にとって畏怖を覚えた銅鏡の記憶から、女たちの、みずから封じ込めた悲しみと慰めとを掘り起こしている。「祖母も曾祖母も　高祖母もそして私の累代の女祖先達は皆　／この不思議な鏡をのぞき　自分のほんとの姿を見　少し慰められ　そして悲しみをぬぐい去り　きりっといつもの姿で部屋を出てきたのだ」、「あんなに明るく涼しかったあの母も！」。

「福木」は、沖縄でもっとも馴染みの防風林・屋敷林であるその樹への、賛歌をなしている。濃緑の部厚い福木葉は、まるで天に向かって合掌するように、「二枚一組しっかりと相対して生えているが、旱魃のさいは、「皆それこそピッタリくっついて　蒸散に耐え」、待ちに待った降雨には、「下の方から上の方へ次々に　葉っぱがひらい」て、水滴を受け、「屋敷林全体の濃緑の部厚い葉による細かな細かな一斉波動」を起すという。八重は、そのように視覚的にも心情的にも美しい光景を写しだしたのち、その樹をつぎのように讃える。

そして福木は「黄」の染料　但しすぐさま思いつくその黄の果
実は役立たず　実際はその堅いひきしまった樹皮に黄の染料の
基質となる化学物質があるという　従って染料を得るためには
その福木を切り倒さなければならない　福木から採取した染料
で「白布」を染めると　目も覚めるような黄金色だ

そう　それは一本の福の木のいのちを捨てたいのちの輝き！

「器」は、（かろうじて粘土を焼いて生きのびてきた）（封建圧制下の小さな離れ島）の物語である（括弧内はこの詩の前書きより）。水に乏しいこの島では、その水を受ける器は、そのまま「器の数は生命の数／器の形は生命の形」であった。それを島人たちは、「粘りは粗いが／野の火で焼ける／赤い粘土　そして温かな潮の満ち干にゆっくりねむる／夜光貝　その殻をキラキラ砕き　粘土に混ぜ／堅さをおぎない／それがそのままいのちである水／その一滴さえ失うまいと懸命にこね」て作った。

カヤを積みあげそっと火にかけ　その火の中から生まれ来る
飾りひとつない　素（す）の
器（うつわ）　けれどそれは何ひとつむだのない至純の
機能　一滴の水　一滴のいのちを掬い
寝て起きて
起きて食らいひたすら瘠地（やせち）にへばりつく　繰り返す
日々のくらしをしずかにしずかに
その肌ににじませて
しらしらと
風の姿をそのまま深くやさしく捉えた
ほのかな器（うつわ）

いまはその器は、「カラカラと／洗骨の後の白骨を抱きしめ　自（みず）らかわいた／おおらかな虚空となって　島に生き島に果てた人々の／その骨に　永遠のやすらぎを与えている」というのである。

このように、焦点を島人たちへと極度にしぼり、その人びとに見える生命観、死生観の自在さの、八重を貫いたことが、彼の視圏を逆に、宇宙へと極大化させた。「螺旋」で詠う。

銀河に飾られ
おお　底なき透明螺旋　それは
時空の奥から物質を創造し　その
物質からいのちを生みだす　そして　その
裸のいのちを思いきり駆使し
全く新しい
未来次元をひらこうとする

だがその宇宙は、人びとをやさしく包んでくれる存在でありつづけているだろうか。この時期にものされた『太陽帆走』に、人類による文明の達成ゆえの、暗い予感が吐露されている。『太陽帆走』（洪水企画、二〇一五年）は、そのような視線の極大化のなかで生み出されたエッセイ集であった。この著作については、すでに触れた（一九頁）。もっともこれを、エッセイ集というのが、適切かどうか、むしろ散文詩というべきか。そこに登場させられている人びとの思想的風貌を、讃仰の念を鑿として、極限まで圧縮した文言で彫り上げようとした作品との感がある。

彼らはすべて、無限・宇宙・永遠といった、空間と時間を包み込む普遍を目指していたという点で、共通性をもっている。ともに、いずれも、〝正統〟として安座する位置にあるのでなく、なにがしか〝異端〟の相貌を湛えている。それだけに彼らへの激しい渇望は、八重のなかで破壊衝動と調和志向がはげしく衝突するさま、そのあやうい均衡を、まざまざと見せてくれる。彼は、そうした衝突の一瞬一瞬を、鋭利に切り取り、スケッチ帖として、読者に差し出した。

巻頭の「コンスタンチン・ツィオルコフスキー」を引くことにする。

幼い頃猩紅熱で失った聴力　だが人間の聴力をはるかにしのいで
構想力が鋭ぎすまされる　宇宙の音がきこえてくるのだ　数学
物理　化学はお手のもの　力は地上はるか　いや地球そのものを
遠く離れて太陽圏全域に及ぶ　「ロケットなら空気のない真空中
も航行できる」　ニュートン力学・作用反作用の法則の実践的発

見を出発点に彼という発射台から夢　希望　情熱　創造力が次々
に発射される　宇宙の音が音波となって閉ざされた彼の聴力にさ
さやきかける　いや　ピタゴラスとともにもっともひらかれた人
類の耳　この波と楽しくやさしく遊ぶには？　構想力が集中し音
ひとつない宇宙の彼方　ひかりをとらえようとアルミニウムをは
りつけた超薄型の巨大な帆がはなひらく　太陽帆走　日光の圧力
と太陽の引力　ヨットが風と波を精密に計算するようになんとい
う光と重力の美しいバランス
太陽圏空間に音楽のようなジグザグ模様をかきながら　太陽帆船
はあちらの惑星　こちらの惑星　惑星間をおもうままに巡回航行
する

それをいわば序曲に、「惑星間をおもうままに巡回航行する」のが、この『太陽帆走』の世界となるが、地球を超えるそうした展開は、もはや人類の達成として、バラ色に描かれる域を離脱し、逆に人類に向かって呪いをかけてくるようになった。八重のなかで逆転するその光景は、「ライプニッツ」をへての「メンデレーエフ」で描きだされている。

ライプニッツは思想のアルファベットの結合法により　最後にその結論として『詩』とでも
言う／べき美しい「モナドロジィー」を書いた　そして思想のアルファベットよりは　はる
かに厳格／厳正　現実的な物質のアルファベットの結合法は何をもたらしたか　それこそ革
命的とも言う／べき様々な成果をあげて我々の日常生活を大飛躍せしめたが　究極的には核
兵器へと至りつい／てしまった
それはひたすら真理の探究であり　悪意のかけらさえなかったのであるが　しかし第二次世
界／大戦という最悪の時代に遭遇し　化学は　科学は変質してしまった　そして現在我々は
核兵器／の破壊力の凄まじさと　その放射能の脅威に慄えている
もはや悪意がないという消極的な態度だけでは決して許されない　極度に危険な時代を迎え
て／いる　人類の破滅は起り得るのだ

達成は、終末の予感へと逆転した。
併載された「石垣島通信」は、八重自身も参加する関西の季刊詩誌『びーぐる』に二〇一一年四月から三年間連載されたというエッセイで、「太陽帆走」とは、出自をまったく異にし、なによりも石垣島に生を紡ぐものとしての立場性を押しだしているが、わたしには、「太陽帆走」を、合わせ鏡に写しだした作品のように読める。

「太陽帆走」が、宇宙という〝極大〟の世界を対象としているのと対照的に、「石垣島通信」は、石垣という〝極小〟の存在を主題としているからである。しかも、前者における人類的達成のゆえの終末への危機感は、後者における破滅への切迫する危機感として、口走るように表白されている。そうしたいのちの崩壊への危機は、内部から、また外部からと、二重のものとして迫ってきていた。

内部からの崩壊への危機は、柳田国男を論じた箇所に浮き出ている。奇しくもこの「通信」は、柳田国男に始まり柳田国男に終っているのだが、彼への言及を通してみる人びとの在りようは、ほとんど百八十度転回しているのである。

「通信」の1は、こんなふうに始まる。「『あらはまのまさごにまじるたから貝むなしき名さへなほうもれつつ』。大正十年、柳田国男が石垣島調査旅行を了えて島を離れる際に土地の新聞に寄稿した歌である」。「私はこの歌、特に終結部の七七に強くひかれる」、「柳田は石垣島をあちらこちら調査して、この何百年と生きては来たが、その生きた事実を何ひとつ表現せず、表現できずに死んでいった人々の生活の悲しみを実感したのであろう」、「何ひとつ表現はできなかったが、確かに生きていた人々への深い哀惜、同情、その事実への畏敬が鋭敏な彼の魂を震撼させたのだ」、「何も表現されていないところに何かがあるという彼の直感。それは砂と見紛う骨粒にさえいのちがあり歴史がある、いや骨さえもない空や海や白浜や水の流れ、それらと同位相において生きた人間の姿を彼に感知させたのだ」、「さればこそ声もなく死んでいった人々への激しい共感が自ずと湧き起ってきたのだろう」。そこには柳田に託しての八重の、人間賛歌があった。

だがこの賛歌は、結末となった「通信」12では、その根底への深い危機感をもって綴られることになる。「柳田の発想は、そもそもの発想の時点で、西欧を主とする外国からの強力な文明に押されて、ともすれば見失いがちであった我々自身の生命の原型を、文献、支配権力の論理、制度などを越えて直接民衆（常民）の生活形態、記憶などに探ろうとする試みであったが、今や、そのよすがとなった民衆生活そのものが非常に抽象的なものとなり、生命の感覚から遠くなりつつあるのである」。対象そのものが崩壊しつつあるという危機感であった。八重はそれへの救いを、「生命という普遍的な〝無垢の歌〟への憧憬（あこがれ）」をもつ谷川健一の学問に見るのだが、終末観の色濃いことは紛れもない。

外部からの危機の到来という点については、石垣島という「辺境」の地にあることに由来する危機感が、「太陽帆走」での文明の発達に由来する危機感に重なるかたちでのっぴきならぬものとなる。「人類はその能力の粋を尽くして武器を発達させ続け、遂に核兵器を手にするに至った。第三次世界大戦、核戦争が起これば人類滅亡は必然である」と述べたその発火点に、沖縄また石垣島が、突如立たされてしまったという不条理への怒りである。

要塞として基地で固められているという沖縄の現状が、八重をいたたまれなくする。「米軍基地満載の沖縄には今、未亡人製造機と言われる、垂直離着陸輸送機オスプレイが配備され、連日轟音を発して低空飛行訓練が行われている。低空――なんとそれは頭上たったの百五十米、東京タワーの半分の高さだ」。

さらに、「我が石垣島は尖閣列島をめぐっての中国、台湾との軋轢へ巻き込まれてしまった。(中略)自分自身は中央の絶対安全圏にいる軽薄独善扇動政治家が『尖閣国有化』を唱え、その安直なナショナリズムに雷同する無責任集団が出現して以来、尖閣問題は一触即発の事態となった」、「おかげで地元の我々は日中戦争、世界戦争の恐怖に慄いている」。このように書き連ねたのちに、八重は、止めを刺すようにずばりという。「辺境、国境における弱小存在には、弱小なるが故に人類滅亡の危機がまざまざと幻視できるのだ」。

そのように見てくるとき、『太陽帆走』は、詩人が、はげしく人類の達成を詠いながら、その達成ゆえの滅亡の危機を実感し、それをことばとして直截に叩きつけるに至ったという意味での、存在意義をもつ作品ということができる。その意味で彼は突き抜けたのだ。

「南西諸島防衛構想とは何か　辺境から見た安倍政権の生態」(『季刊　未来』No581、リレー連載「オキナワをめぐる思想のラディックスを問う」5、二〇一五年秋、のち仲宗根勇・仲里効編『沖縄思想のラディックス』未来社、二〇一七年、所収)は、こうした心意の発動として書かれた、と思われる。

直接の契機となったのは、防衛省が進めていた「先島」諸島への自衛隊の配備である。その計画が最初に防衛大綱に書き込まれたのは、「平成一七年度以降に係る防衛計画の大綱」(二〇〇五年一二月一〇日　安全保障会議決定・閣議決定)であった。そのなかの、「島嶼部に対する侵略への対応」に、「部隊を機動的に輸送・展開し、迅速に対応するものとし、実効的な対処能力を備えた体制を保持する」とある。さらに、「平成二六年度以降に係る防衛計画の大綱」(二〇一三年一二月一七日　閣議決定)では、「島嶼部に対する攻撃への対応」に踏み込んで、「海上優勢・航空優勢の確実な維持のため、航空機や艦艇、ミサイル等による攻撃への対処能力を強化する／島嶼への侵攻があった場合に速やかに上陸・奪回・確保するための水陸両用作戦能力を整備する」とされ、同時に策定された「中期防衛力整備計画(二〇一四年)」では、「与那国島を初めとする南西諸島への部隊配備、駐屯地開設に向けた各種施策の推進」、「南西航空混成団の航空方面隊改編」が打ち出された。

この計画に先立ち、防衛省では、ワーキンググループが二〇一二年三月二九日、「機動展開構想概案」をまとめあげていた。それによれば、「二〇〇〇人の自衛隊普通科連隊が事前配備された石垣島に、敵四五〇〇人規模の海空戦力が上陸し、どちらか一方の残存率が三〇％になるまで島内六カ所で戦闘を実施した場合、兵力数は自衛隊五三八人に対し敵二〇九一人で劣勢に」、「だが、敵の増援部隊が到着するまでに約一八〇〇人規模の陸自戦闘部隊を上陸させれば、最終的な兵力は自衛隊八九九人に対し敵六七九人で優勢。その結果として、約二〇〇〇人の部隊を増援すれば奪回可能と分析している」、「一方、概案は自衛隊の機動力や輸送能力について検討したものの、国民保護のための輸送については『自衛隊の主担任ではなく、所要も見積もることができないため、評価には含めない』とした」とあり、「石垣島が侵攻された場合を想定した奪回のための作戦分析図」を掲げている（以上、インターネット検索、および『八重山毎日新聞』二〇一八年一二月一日、また『琉球新報』同年一一月三〇日。衆議院議員赤嶺政賢が入手し、衆議院安全保障委員会で取り上げた文書を報道したもの）。

「防衛大綱」は、こうした基礎作業にもとづいて策定されたのであろう。住民は、最初の戦闘、さらに奪回作戦による戦闘と、往復ビンタ同然に、居住地で再度の戦禍に曝されることになるが、その住民保護への視点はまったくない。同時に、それが石垣島を現場とする局地戦であることが示されている。八重山びとにとっては、知らされないままに、戦場にまきこまれ放置された沖縄戦の再来が、一方的に降りかかってきたことになる。

「南西諸島防衛構想とは何か」は、そのような事態を直視しての、痛烈また痛切な反撃であった。歴史が、つぎつぎに思い返されてくる。「旧日本軍はこの島に進駐して何をしたか」。防風林を切り倒し、屋敷を囲む石垣を崩し、何よりも住民を山中のマラリア有病地へ移住させて、「もう一つの沖縄戦とも言われる悲劇」を招いた。住民にたいして横暴を極め、その軍の存在によって激しい攻撃を受けた。

「七十年かけてやっと築いてきたこの平和の島に突然自衛隊配備の話がとび込んできた」。降雨に頼るしかない水の不足が、まず日常生活を直撃する。広大な射撃訓練場を初めとして海や空に入域禁止区域が設けられるだろう。軍事施設の存在によって攻撃目標とされ、それだけ緊張を強いられるだろう。こうしていう。「シワ寄せをすべて沖縄におっかぶせているのだ」。

東京の政府は、人も無げに、石垣を紛争の場としようとする。「尖閣諸島――そしてそれを行政区に抱える石垣市はその緊張状態を引き起こすための生きている餌(えさ)、生き餌(え)とされているのである」、「さらにそれを拡大強化したのが南西諸島防衛構想であり、南西諸島、つまり与那国、石垣、宮古、沖縄本島（辺野古だ）、奄美諸島（それは奇妙にも旧琉球域と一致）は安倍政権が中国と対峙するための（あるいは中国を誘い出すための）エサであり、いったん事が起きると日本国防衛の『楯』の役目も負わされて『捨て石』とされるのだ」、「我々は南西諸島防衛構想を拒否し、我々のなだらかな静かな暮らし、我々の生命（いのち）を守らなければならない」。生存を賭けた激怒の発露であった。

いのちの危機の島に凝縮した思考は、その危機打開を求めて、世界・地球・人類へと飛躍する。一方では、「地球全体としての食糧問題、資源問題、エネルギー問題等」が浮上しているとともに、他方では核兵器によって、「人類は地球全体規模の破壊力を手にしてしまった」。それゆえに、と八重は喝破する。これからは、「極端に単純化すれば『人類の存続を望むのか、それとも人類の破滅を招くのか』との観点に立つことが根本的思考態度とならなければならない」、「辺境はその敏感な恐怖の故に中央の鈍感な自己陶酔者を底の底まで透視する」。

九　「ここは人間の住む島だ」

存在が抹消されるという不条理にたいするこの悲憤は、叙事詩集『日毒』（コールサック社、二〇一七年）として爆発する。八重山から発せられたこの二文字は、なんの紛れもなく日本を刺し貫く。

「あとがき」にいう。「本来なら『日毒』という言葉は、はるか以前に歴史の彼方に消え去っているべきであった。しかし今なおこの言葉は強いリアリティーを持っており、そのこと自体が現在を鋭く突き刺す」。そんな状況への口惜しさが、詩人に、このことばを吐き出させずには措かない。

冒頭から、救いを求めての悲鳴がとどろく。巻頭の「闇」は、オスプレイ強行配備に直面してのいたたまれなさを、天体、とくに輝くオリオンへの救済願望に、昇華させた作品となっている。「星々がきらめく　そしてそれらの間を抜け出るように／ひときわ明るい／天体よ！／悪意と傲

慢　狡猾　卑劣　いわれなき蔑視が狙いすました／いくつもいくつも理由あるという　鳥の名を持つ　悪魔の襲来　この詐欺師（ぺてん）どもの確信犯の激しく醜い刃に刺され　私は／一晩じゅう寝られなかった」、「三つならんだ星の腰帯（こしおび）をしっかり締めて月にまけずにキリリと輝く／狩人（かりうど）よ　この重いどん底のどこかにどんなに小さいものでもいいから／希望を探り出してはくれないか」。

その「闇」の根源を求めて、八重は、家蔵の文書に歴史を遡り、琉球処分に遭遇した高祖父・曾祖父たちの書面に、「日毒」の文字を見出し、吸いつけられる。接触のさまざまな機会があった。「資料をあさりつつ　今　私の視線は／あの与那国からの中国沿岸漂流者　琉球館に於いて両先（さき）島（しま）分島問題等々の情報／に接し憤激の志士と化した一八重山人がいずれ後の為にと何処（いずこ）かに隠匿して持／ち帰った／　／清朝列憲への『泣懇嘆願書』（控（ひかえ））その文言／就中『日毒』の一語に吸い着けられて離れられない」（「人々」）。また、祖母の父なるひとは、連日はげしい拷問を受け、生ける屍同然となってしまったが、幾年もののち廃屋となっていたその家を取り壊したさい、「ボロボロの／手文庫が見つかり　その中には／紙魚に食われ湿気に汚れ　今にも崩れ落ちそうな／茶褐色の色紙が一枚　『日毒』と血書されていたという」（「手文庫」）。

この一語を基準とするとき、歴史は一挙に透視できると思われた。「島人は王府滅亡に依り『琉毒』から脱れられるとも思ったが　姿を変えたもっと悪性の鴆毒（ちんどく）が流れ込んできただけであった」

（「紙綴（かみつづれ）」）。

「日毒」を基底とする歴史は、この詩集ではとくに、「日毒」、「襲来」、「山桜」の三篇にうねりを見せている。

「日毒」に詠う。

琉球処分の前後からは確実にひそかにひそかに
ささやかれていた
言葉　私は
高祖父の書簡でそれを発見する　そして
曾祖父の書簡でまたそれを発見する
大東亜戦争　太平洋戦争
三百万の日本人を死に追いやり
二千万のアジア人をなぶり殺し　それを
みな忘れるという
意志　意識的記憶喪失

そのおぞましさ　えげつなさ　そのどす黒い
狂気の恐怖　そして私は
確認する
まさしくこれこそ今の日本の闇黒をまるごと表象する一語
「日毒」

この「日毒」が、歴史の大観から抽出された観念とすれば、「襲来」は、すでに触れたように（八三頁）、キューバ危機にさいしての、ふるさとの島が「蒸発」してしまっているのかという、みずから味わった血の凍るような恐怖の、記憶をバネとしていた。

小さなラジオに齧りつき「基地満載のわが故郷」
周囲には杞憂とひやかす冷たい笑いが漂っていたが
かの時の米兵は今になって語りだす
「自分たちは毎日毎日　核弾頭付きミサイルの発射準備をしていた
発射するには数々の暗号があるが　ある時それが皆一致し発射寸前

標的地が違うと気付いた司令部から緊急命令が届き　発射は取り止め　自分たちは世界の終りだと思っていた」
七十年前　二千万のアジア人をひたすら殺し　三百万人の国民を
教唆し死なしめ　侵略軍国欲望のはて
原爆を二度浴び　やっと終ったはずではないか

（中略）

急激に狂った気圧　万世不朽類い希なる神の国の
まっ黒い寒気が轟轟と鳴りわたりたちのぼり
「楯となれ」「防壁となれ」
「生餌（えさ）となれ」「捨て石となれ」
暗黒畳々　一天落下
きんきん凍った金属声（ごえ）がぎっしり固まり棘（とげ）となって
この南海の島々を襲う

そして長詩「山桜――敷島の大和心を人問はば朝日に匂ふ山桜花――」では、「ヤマサクラ作戦」

（略号ＹＳ）と称する米軍と共同の逆上陸作戦計画が、「日毒」のいまを示すとして詠われる。そこでは、「サクラ咲く美しい日本国」の醜悪な実像を、まるでレントゲン写真のように透視する。

徹底的に自発的対米従属国家サクラ咲く美しい日本国
アメリカという騎士に乗られてよく走る馬
鞭打たれれば打たれるほど勢いつけてよく走る馬　しかしその狡さは親分勝り
己れは決して損しないその原則をたちまちコピー　日本式沖合作戦をひねり出す
それは簡単　それこそ
与那国島　石垣島　宮古島　沖縄島　奄美島　旧琉球域
今はその名も南西諸島　日本ではあるが
日本ではない場所　ここを沖合と苦もなく即決
（こんなところは　戦争以外に使う価値ない）
（住民が死のうが生きようが　そんなことは知ったことか）　そしてそれを
うやうやしく米軍にたてまつる
七十年経ってもまるであの天皇メッセージそっくりそのまま

日毒ここに極まれり

（中略）

まずこの狭い戦場にのみ中国をひっぱり出すには尖閣列島が最もいいカモ
生餌（いきえ）だ　撒餌（まきえ）だ　それはすでに用意周到　尖閣問題棚上げ無視し厚顔無恥の
無責任心臓が尖閣購入ぶち上げて　日本国中皆国士ぶり
あわてふためき日本国家の尖閣購入　これで尖閣は豊か安全　生活の海から
国家を担がされ　危険水域へとなり果てる　そして次に　次々に
抑止力と称して各離島離島にミサイル配備　その照準を中国にきっちり定める
それは実は敵攻撃を真正面に引き受けようと誘導集中するための巨大標的

ことばをこう繰りひろげてきたのち、八重は、悲憤をもって彼らに手套を投げる。

指揮官よ　ぐるりの幹部よ
見えないか　君らが踏むたび足もとの地図から血が噴きあがる
振るう鞭から火炎（ほのお）があがる

血塗れた地図から叫びが燃える
（我らの郷土を軍靴で踏むな！）
ここは人間の住む島だ
（中略）
見えないか　人々が懸命に生きている姿が
聞こえないか　深い感情の奥底から湧きあがる歌々を

この一節を読むとき、わたしには、伊江島で軍用地収奪と闘っていた阿波根昌鴻が、実情を知らせるため、自費で刊行した一冊の写真集のことが思い浮かぶ。「農民自らの手によって撮影された記録」としてのこの写真集は、いみじくも『人間の住んでいる島』（一九八二年、のちに英文版 "*THE ISLAND WHERE PEOPLE LIVE　A photo documentary of the troubled land of Iejima,Okinawa Islands*" Translated by C.Harold Rickard, Christian Conference of Asia Communications 1989）と題されていた。

そこには、無惨に蹂躪されていったこの島が、無人の島でも獣しか生息していない島でもなく、人間が住んでいる島なのであり、その人間がまったく人間としての存在を無視されているというつよい怒りと、生存権回復への不退転の決意がこめられていた。八重の、「ここは人間の住む島だ」という宣言には、期せずして同質の精神の境位が浮き出ている。

抹殺されるという恐怖と怒りは、「証明」に簡潔に吐露されている。それは、「戦艦大和出撃と／離島奪還作戦は相似である」ことを「証明」しようとした作品である。「1、時代遅れ」、「2、その作戦に合理性なし」としたあとの「3、住民無視」にいう。

戦艦大和が沖縄沖に到着しその巨砲を全開したら
狭い狭い島の中　日米両軍の砲撃空襲のもとで　いったい
住民はどこに逃げればいいのか
離島奪還作戦は敵のミサイルをこの島に集中させ　その攻撃力を
消耗させ　その後に反撃が始まるのである
即ち住民は作戦発動以前に全滅していなければならない

戦艦大和の沖縄出撃は、大方の日本人には、沖縄特攻と理解されてきた。しかし海岸に座礁させて砲台がわりとするその構想は、もし実現していたら、軍民混在に追いこまれたまま、砲火のもとを逃げまどっている沖縄の住民に、あらたに砲弾を浴びせることになったであろう。離島奪回作戦は、住民をまったく眼中に置かないそうした軍の論理の再来であった。それにたいする「ここは人間の住む島だ」との絶叫であった。

とすれば、人びとをここまで追い込んだ至高の存在とは何か。桜咲く美しい日本を象徴する存在とは何か。その存在は、ぬけぬけと生きのびたばかりでなく、責任を回避し、しかもさらに沖縄を、それまでの敵国に貸与しようとした。「日毒」の頂点に位置するその存在に、八重は、血の逆流する思いを禁じがたかった。彼の弾劾は、元首としての政治的責任を問うという域を超え、卑劣漢として唾棄しても足りないという角度からの、触れれば火傷するような倫理的な熱度を帯びていた。そうした帝王を主題とする作品を、彼は、沖縄びとの苛酷な運命を詠う詩篇のなかに、『白い声』からのただ一篇の再録として、「黒い声」を挟み込まずにはいられなかった。

はじめからありとあらゆる責任回避が仕掛けられ
幾重にも重なった暗い帳(とばり)の内にひびく
ただひとつの文言(もんごん)は
おのれさえ燦然と永(なが)らえ得(う)るならば　われには

あらゆる裏切り
あらゆる虚言はゆるされてある　というあまりにもおぞましい
卑劣な業の痙攣であった
人間を嘲弄し　人間を道具化し　軽蔑しながら
自らは一切の倫理の負荷からまやかし逃れ　穴深く埋めかくした
重い血腥い歴史の奥で
ひたすら
主語のない「己」という底知れぬ魔性に溺れる
黒い声

こうした呪詛の塊というべきこの詩集を、八重は、それにふさわしい色調をもって装幀した。全篇を貫くその色調は、赤と黒である。

ジャケットと見返しは赤一色であり、表紙は黒一色である。それぞれに、小さく琉球諸島が配されているが、まるでその島々が、真っ赤なまたまっ黒な海に漂っているような感を与える。

赤はいうまでもなく血の色である。「歴史は血の海／膿の海」（「引用によって」）。石垣あるいは沖縄の歴史を場としたこの詩集に、流されている血のなんとおびただしいことか。拷問で流された血、血書されていった色紙、戦場へ投げ込まれ斃れていった若者たち、戦場と化した地で殺され、あるいは共死へと追いこまれた人びと、三百万人の死と二千万人の虐殺、「血の色の大輪咲かせ己れだけは生き残る」とうそぶく指導者たち、住民の生命を歯牙にもかけない軍部、などと枚挙にいとまがない。

　黒は、「黒い声」に代表されるように、天皇のおぞましさを塗りあげた色である。「重い血腥い歴史の奥で／ひたすら／主語のない『己』という底知れぬ魔性に溺れる／黒い声」。そこから敷衍して日本自体を指す語として多用される。

　黒によって八重は、闇を衝く。「まさしくこれこそ今の日本の闇黒をまるごと表象する一語」（「日毒」）。「急激に狂った気圧　万世不朽類い希なる神の国の／まっ黒い寒気が轟轟と鳴りわたりたちのぼり／『楯となれ』『防壁となれ』／『生餌となれ』『捨て石となれ』／暗黒畳畳　一天落下／きんきん凍った金属声がぎっしり固まり棘となって／この南海の島々を襲う」（「襲来」）。「歴史の渚　始めから終りまで　いつもいつも／ごまかしの国　なりゆきの国／天の上からふりそそぐ黒い雨　人の舌からいつまでも／黒い蟻」（「亡国」）。

　そのうえで、赤と黒とは、「彼」を主題とする「赤い原点あるいは黒いメッセージ」で結合する。「必

死に彼は考えた／処刑を逃れ　なんとしてでも己れのいのちを護持する法／まず　すり寄ること
　徹底的に隷従すること」としたのち、その「彼」をこう描きだす。

平服赫う征服者　礼服に身を凝(こご)らせた降伏者「彼」の
あまりにもえげつない私利のみの謀言を片腹痛いと
冷笑したが　瞬きもせず素早く計算
その真っ赤にふるえる舌の音をよくよく聞けば
驚く勿れ　わが懐中(ふところ)に思いもかけず転がり入(はい)る
信じられない壮麗供物　亡霊生贄(いけにえ)
極大利益

「アメリカが沖縄を始め琉球の他の諸島を軍事占領し続けることを希望する」
（中略）
ぬけぬけと赤い舌して
凍りついたポーカーフェイスの卑劣の底から

ぬけぬけと
ぬけぬけと……

つよい指弾性・告発性のゆえに、『日毒』は、日本の詩壇から、良くも悪しくも問題作として、受けとめられ、あるいは拒絶されたように見える。二〇一八年度の現代詩人賞を決める選考委員会は、この詩集の「ことばの政治性」をめぐって激論を闘わせている。ある選考委員は、「政治的メッセージ性」を高く評価した一方で、別の選考委員は、「〈日本を毒とする〉余りにも激しく直截な表現の羅列は、詩以前のもの」とつよく反対し、結局、受賞に至らなかった（「現代詩人賞選考経過」、『現代詩 2018』）。

わたしは、この詩集で投げつけられる一語一語を、身に痛いと感じつつ、新しい視野へ導かれた一人だが、「選考経過」には、詩集に装塡されている八重の覚悟と問題提起のそれぞれが、十分に汲みとられていないと思った。八重は、日本に「毒」という悪罵を投げかけることに、終始したのではなかった。そういう自己顕示あるいは自己満足は、彼から遠かった。

覚悟という点についていえば、八重の、絶対悪と目される存在への、罵詈の羅列とも見紛う、容赦ない攻撃は、それを使う詩人に、あらたな覚悟を自覚させずには措かなかった。投げつけたことばが、そのまま撥ね返ってみずからを襲うことに、彼は十分に自覚的であった。

押し出している中身への政治的な反発、詩としての表現の生硬さを問題とする〝眼光手低〟というていの冷評、「日本人」としての根拠が逆撫でされているという苛立ち・不快感などは、避けがたいと予期していたリアクションであった。この詩集に入れた散文詩というべき「詩表現自戒十戒――守られたことのない――」は、襲い掛かってくるであろう攻撃・中傷に、決然と、発言者としての責任を取る覚悟を示した作品と思われる。

そこで八重はいう。「表現は（中略）白刃の上の独楽」、「語彙、リズム、構成に徹底的にこだわること。（中略）それへの無限接近。無限近似」、「カンヅメになった現実を食べてはならない。たとえ中毒のおそれありと言えども、生（なま）の現実を喰（くら）うべし」、「それを書くことによって自己に責任が生ずるような詩を書くこと」等々。副題とした「守られたことのない」は、含羞という以上に、断乎としてそれを目ざすという意志を示していよう。詩人としてのそんな責任を執ることを公示しつつ、彼は、日本を告発したのであった。

問題提起という点でいえば、八重の告発は日本を正面の標的としながら、単にその域に終始するものではなかった。その底には、文明=軍事技術の発達の極致としての地球の破滅、いやそれに止まらない宇宙の破滅への予見があった。「美しい三段跳び或いは変格三段論法」は、その問題をうたいあげた長詩である。

極度に発達した武器　通信
化学　生物　物理学兵器　それら軍事技術の神経過敏は必ず
世界規模　核戦争まで拡大する
（作られた兵器はすぐさま出番を！　とウズウズ）
宇宙さえ重装備　入り乱れる軍事人工衛星　その精緻
その複眼　その遠視

しかも、いったん危機が爆発すれば、その規模は、人類消滅・地球消滅にとどまらず、宇宙崩壊に至ると見通されていた。

どんな事故が起こるか　いつ砲弾がとび交う(か)か
どんな小さな擦(す)れ違いもそれが起こればたちまち世界は
連鎖反応　最後の美しい大跳躍

瞬間戦争―第三次世界大戦―
人類滅亡！　地球壊滅！　　惑星が一つ欠ければ
太陽系もキリキリ失調
軌道距離　七十三億八千万キロにわたる
大混乱

それだけに八重は、壊滅への導火線とされている尖閣諸島を、平和・生存への核心として胸に抱きつつ、構図の逆転を念じるのである。

尖閣は領土ではない
尖閣は領海ではない
それは　海の底へのはげしい鎮魂
ひたすら平和を祈る島

それを「三段跳び」また「変革三段論法」と名づけたところに、哲学・数学を偏愛し、つねに宇宙を念頭に置くかたちで発想する八重洋一郎の面目、証明できたという確信と未来への暗い展望が示されている。

見通される必然をどう覆すか、その一点に向けて、八重の日常は、孜々として続けられているといってよいだろう。そんな彼の脳裏には、三人の思想家のすがたが、不動の支えとして刻まれている。神学者たちから逃れて『エチカ』を書きつづけた哲学者スピノザ、獄中で『天体による永遠』を著わした革命家ブランキ、時代の「直面する漆黒の『闇』と闘い続けた」文学者北村透谷、の三人である。「彼ら三人は、三人とも真っ正直に自分をとり囲む『壁』と対峙し得体の知れない『闇』を凝視し、『世界はどうなければならないか』、『人はどうあらねばならないか』、すなわち『エチカ』をいのちの根源から激しく問い糺したのである」、「そこはそのまま『詩の誕生』の現場なのである」(「エチカ幻想」、二〇〇六年、『八重洋一郎詩集』所収)。「エチカ」(倫理)をいのちの根源から問いなおすこと、それはそのまま、八重洋一郎の覚悟となっている。

同時に、繰りひろげられてきた闘いは、八重に、歴史認識という点で、新しい希望を与えつつある。沖縄びとによる、歴史を問うた近年の二冊の書物、波平恒男『近代東アジア史のなかの琉球併合』（岩波書店、二〇一四年）と国場幸太郎『沖縄の歩み』（岩波書店、二〇一九年）を吸収しつつ、最近の論説を、彼はこう結んだ。

沖縄人は現在、これまでの歴史と徹底的に対峙し、その歴史の対象化に成功しつつある。そしてみずからの内なる自由を自覚し、それを十全に育てあげようと試み始めている。我々は世界の欲望の集積点に生きることによって逆に、逞しく鍛えられたその重層的意識によって、人類、あるいは全生命の価値思想、存在形態を生み出すことが出来るかもしれない。私はその可能性に賭けるのが詩だと思っている（「賭け」、『あすら』第五七号、二〇一九年八月）。

あとがき

二〇一五年秋、『季刊　未来』(五八一号)での、八重洋一郎の、「南西諸島防衛構想とは何か――辺境から見た安倍政権の生態」と題する論説は、わたしに食い込んだ。それは、歴史を顧み世界の現況を見渡しつつ、政権が進める「防衛」構想での石垣島の位置を、中国を誘い出すための「生き餌」と断じ、「辺境はその敏感な恐怖の故に中央の鈍感な自己陶酔者を底の底まで透視する」と結ばれていた。

それまでわたしは、この詩人の、さほど熱心な読者とはいいかねる人間であった。一九七二年五月一五日という沖縄の復帰(=施政権の日本への返還)の日にぶち当てて刊行した最初の詩集『素描』(世塩社)、正確にいえばその「あとがき」は、深く印象に留まっていたものの(それとて、古書で購入した)、接しえた作品は、そうじて難解で、近寄りがたかった。だが、この論説は、わたしを一挙に八重洋一郎へと駆り立てた。つづいて出された詩集『日毒』(コールサック社、二〇一七年)は、その関心を決定的とした。

思い立って、伺ってお話を聴きたいという願いを、八重さんは寛大にも聞き届けられ、二〇一七年の晩秋、わたしにとって四〇年ぶりの八重山行が実現した。思いもかけず氏は、草稿と資料まで整えて談話を準備しておられ、行をともにした三人のヤマトからの来訪者、岩波書店編集部の入江仰さん、伴侶の堀場清子とわたしは、至福の半日を享受した。談話の一端は、小著『沖縄の淵　伊波普猷とその時代』の岩波現代文庫版（二〇一八年）に、「付　歴史との邂逅――『日毒』という言葉」として、掲載させていただいた。

そのさい、わたしは、掲載を許された御厚意への感謝とともに、「その全容を示すことができなかった非礼を、またの機会を期しつつお詫びする」と記した。このことばが、わたしを縛り、背中を押した。こうして始めた八重洋一郎への旅は、断崖に挑むというしんどさに、しばしばわたしを突き落としつつも、二〇一八年後半から翌一九年初めにかけて、この稿の原型となった。

八重洋一郎を、詩集とした形の作品を素材として、わたしなりの角度から、文字通り「辿った」小稿に過ぎない。大方は、詩人のことばを、繋いだにとどまる。それらの作品の、詩誌での初出への探索や、詩人たちとの交流また相互触発の跡づけには、力尽きた感じで及ばなかった。さらに、八重が、書きつづけてきた詩論を一冊とした『詩学・解析ノート　わがユリイカ』（澪標、二〇一二年）には、立ち入る力を欠いた。そのうえ、詩人論という不案内な分野で、どんな誤りがあるかもとの念が、わたしを脅かす。ただ、辿るなかで、八重山を軸とするとき、「琉毒」、「日毒」、「米毒」を刺し貫く切っ先が見えてくるような気がした。同時に、受難に明け暮れたかに印象づけられてきた八重山（実際には、ほとんど「石垣島」に終始してしまったが）の歴史のなかで、それを覆すような渾身の憤怒が、彼のからだを通して噴き出ているとの感に打たれた。

　初めは公表を意図したものではない。不熟を承知で、ただ、爆発する八重洋一郎への敬意の、ささやかなしるしとして、今年（二〇一九年）の春、ともかく形をなした稿を、氏に捧げた。初歩的なそれを含めて誤りを指摘されれば、この詩人との応答が得られ、理解への導きが開けるかもとの期待があった。意想外の反応が、氏から返ってきて、その激励が、わたしを小稿の公刊に踏み切らせた。そう決意してからは、手直しせざるをえなくなり、この夏を作業に当てたが、その点に関しては、八重洋一郎・竹原恭子御夫妻の惜しみなき御示教にあずかった。もっとも、記述については、責任はもとより著者にある。

全体重を載せたことばを突きだしているため、八重の詩語には、差別とみまがう水域に食い込んだ表現を散見する。だが、それらは発想・表現の必然の所産と考え、そのまま受けとめた。

刊行に当っては、万事、八重洋一郎氏の御高配に依った。氏は、刊行先への紹介に加え、引用されているお作の校正まで引き受けて下さった。洪水企画の池田康氏は、刊行を承引されたうえ、敏速かつ精密に仕事を進めて下さっている。巖谷純介氏は、装幀で、主人公の突き進む意志を、瞬間的に切り取って下さった。お三方のその御厚意に、深甚の感謝を捧げる。

鹿野政直

二〇一九年一〇月二一日

鹿野政直（かの・まさなお）

1931 年大阪府生れ。早稲田大学文学部卒業。日本近現代思想史専攻。早稲田大学名誉教授。『鹿野政直思想史論集』全七巻（岩波書店、2007-08 年）など。

八重洋一郎を辿る

——いのちから衝く歴史と文明——

著　者　鹿野政直

発行日　2020年1月25日　第二刷

発行者　池田康

発　行　洪水企画

〒254-0914 神奈川県平塚市高村 203-12-402

TEL&FAX 0463-79-8158

http://www.kozui.net/

装　幀　巖谷純介

印　刷　モリモト印刷株式会社

ISBN978-4-909385-17-8